芜湖记忆系列

电灯点亮芜湖第一人

吴兴周

芜湖市档案馆 编

安徽师范大学出版社
ANHUI NORMAL UNIVERSITY PRESS
·芜湖·

图书在版编目(CIP)数据

吴兴周 / 芜湖市档案馆编. — 芜湖:安徽师范大学出版社,2024.9
ISBN 978-7-5676-3909-6

Ⅰ.①吴… Ⅱ.①芜… Ⅲ.①吴兴周(1868-1941)—传记 Ⅳ.①K825.38

中国版本图书馆CIP数据核字(2018)第288296号

吴兴周
WU XINGZHOU

芜湖市档案馆◎编

责任编辑:翟自成　　责任校对:卫和成
装帧设计:王晴晴　冯君君　　责任印制:桑国磊
出版发行:安徽师范大学出版社
芜湖市北京中路2号安徽师范大学赭山校区
网　　址:http://www.ahnupress.com/
发 行 部:0553-3883578　5910327　5910310(传真)
印　　刷:芜湖日报报业集团印务有限公司
版　　次:2024年9月第1版
印　　次:2024年9月第1次印刷
规　　格:700 mm × 1000 mm　1/16
印　　张:9.5
字　　数:135千字
书　　号:978-7-5676-3909-6
定　　价:39.00元

前　言

19世纪后半期，芜湖的民族工业发展迅速。据20世纪初的统计，在安徽省13家民营资本经营的工矿企业中，芜湖占5家，这5家企业的资本总额占全省的57.8%。安徽的纺织、机械、米面、化工、电力等企业皆起源于芜湖。

始办于1897年（另一说为1890年）的益新面粉厂，1906年挂牌的明远电灯股份有限公司（1929年易名为明远电气股份有限公司，简称“明远公司”），以及创办于1916年的裕中纱厂，这三家企业曾号称芜湖的“两个半烟囱”。

益新面粉厂创办人章维藩、裕中纱厂创办人陈邵吾均出身于官宦人家，在官场为官多年，除了自身实力外，还有朝中实权人物相助，他们办实业，自然要比一般人容易得多。明远公司创办人吴兴周出身低微，实力无法与章维藩、陈邵吾两人相比，若想干一番大事绝不容易。但吴兴周想到向社会广为招股，利用社会资金来创办明远公司，这在当时可是新潮之举。

从封建社会走过来的吴兴周能在芜湖用股份制的方法筹集社会资金办厂，一方面说明以吴兴周为代表的徽商具有勇于创新的精神，另一方面更是充分体现出芜湖这座城市具有创新特质。

明远公司从1906年创办，到如今已经过去一百多年了，编纂《吴兴周》一书的意义何在？

吴兴周创办明远公司，最大的意义在于带动了地方工业发展。试想一下，当年如果没有明远公司，芜湖的近代工业又将如何发展。可以说，芜湖之所以能够成为安徽近代工业的摇篮，明远公司的作用是非同小可的。

俗话说："君子爱财，取之有道。"在吴兴周的认知里，再赚钱的生意，一旦有悖民族大义，坚决不做。儒家传统文化强调"舍利取义"，其意义就是为了国家利益，为了民族大义，昧良心的钱不赚。这也是儒商的爱国情怀和忧国忧民的意识之所在。凡是做大事者必有爱国情怀，反过来说，唯有爱国情怀者方能成就大事业，吴兴周正是如此。

"贾而好儒"是徽商的特色之一。儒贾以经商为名而行儒教之事，是儒与贾的结合，是文与商的交融。与其他徽商一样，吴兴周亦是"贾而好儒"的实践者。

胡适曾把徽商比喻为"徽骆驼"。如今，徽商精神越来越受到学术界的关注。徽商数百年的经营活动，给我们留下了丰厚的遗产。我们认为：有形的物质财富固然宝贵，但无形的精神财富更应得到今人的珍视，而徽商精神就是我们备感受益的精神财富之一。

吴兴周从小背井离乡，外出创业。异地的陌生、商路的艰险，处处考验着他。但作为素以"勤于山伐，能寒暑，恶衣食"著称的徽州人，肩负父兄、家族生存发展的重负，"一贾不利再贾，再贾不利三贾，三贾不利犹未厌焉"。正是这种开拓进取、矢志不渝、百折不回的勇气和经历，为当今的人们树立了可供学习的榜样。

吴兴周是来芜湖经商获得成功的徽商代表、安徽电力工业的第一人、芜湖商会早期的主要领导者之一，亦是芜湖地方民族工业的推进者、实业救国的实践者。在当时，像吴兴周这样的创业者还有很多。这批创业者所表现出的赴国急难、民族自立的爱国精神，不畏艰难、百折不挠的进取精神，审时度势、出奇制胜的创新精神，同舟共济、以众帮众的和谐精神，以及不辞劳苦、虽富犹朴的勤俭精神依然值得倡导，值得我们学习。古人云：“以铜为镜，可以正衣冠；以史为镜，可以知兴替；以人为镜，可以明得失。”这也是我们编写《吴兴周》一书的目的之所在。

目　录

第一章　年少勤奋闯商海

益新面粉厂的烟囱明显比明远公司、裕中纱厂的烟囱矮些，所以芜湖人戏称它们为“两个半烟囱”。在芜湖近代工业史上，“两个半烟囱”是芜湖人的骄傲，这不仅因为它们是芜湖工业化的标志，是安徽近代工业辉煌一时的历史见证，更重要的在于它们还是中国现代化历史进程艰难曲折的写照。

“两个半烟囱”中的明远公司的创始人是吴兴周。吴兴周是安徽徽州绩溪高迁人，1906年在芜湖创办明远公司，成为“点亮芜湖”第一人，亦是安徽电力工业第一人。

第一节　吴兴周的家乡

徽州地处崇山峻岭之中，四面群山环绕，层峦叠嶂，河流交叉，风景优美。长期以来处在一个相对封闭的地理环境中，使徽州逐渐形成了一个独立的民俗单元，形成了自己独特的风俗和民情。但是，这里可耕地非常少，素有“七山半水半分田，两分道路和庄园”之称。那少量的耕地，土质也非常差，“骍刚而不化”，不太适合耕种。遇到山洪暴发，耕地就会被淹没，庄稼会被洪水横扫一空；而到雨水稀少的季节，耕地就会因缺水而干涸龟裂，只要有十天不下雨，山民就要仰天而呼，求神祈雨。自魏晋以来，中原战乱不断，大量的人口涌入徽州，到明清时期，这里的人口迅速增加，大大超过了耕地的承载力，造成了严重的地少人多的矛盾。于是，徽州出现了“非经营四方，绝无治生之策”的现象。

吴兴周的故里绩溪县位于安徽省南部、古徽州北部，因水而得名：县北有乳溪，与徽溪相去一里并流，离而复合，有如绩焉。绩溪风光秀丽，历史悠久，人文璀璨，文化底蕴极为厚重，是徽文化的重要发祥地之一。

绩溪，汉代称华阳镇，南朝梁大同元年（535年）设良（梁）安县，唐朝永泰二年（766年）置绩溪县。绩溪是古徽州的重要组成部分，唐至宋代属歙州，宋朝宣和三年（1121年），因绩溪的“徽岭、徽溪、大徽村”而改歙州为徽州。徽岭，今翚岭，又名大尖山，在县城西北，是县境内长江流域与钱塘江流域的分水岭。徽溪，今翚溪，在县城与扬之水汇合，流经歙县，进入新安江、钱塘江。唐宋时，徽溪畔有大徽村。清康熙六年（1667年）安徽建省时，取安庆、徽州两府首字为省名。由此可以说，绩溪是名副其实的“安徽之源”。

高迁村位于绩溪县城西北。唐宋时，这里原是一个汪姓聚居的古村落——大徽村。淳熙《新安志》记载：“大徽村在绩溪西北五里。”而今，徽岭依然横亘在县城西北，把绩溪县分割成岭南和岭北两部分，徽溪水仍在欢快地流淌，而大徽村却早已不复存在，其地域变成了高迁村。该村民居彰显徽派建筑风格，外观整体性和美感很强，墙线错落有致，黑瓦白墙，色彩典雅大方，集徽州山川风景之灵气，融风俗文化之精华。[①]（图1-1）

---

① 洪树林、汪福琪主编，绩溪县政协文史委员会、绩溪县人民政府民政局编：《走进绩溪山村》，2002年，第45页，皖宣内部图书。

图1-1　高迁村民居

第二节　吴兴周的童年

吴兴周，1868年出生在安徽省绩溪县的一个贫苦农民家庭。[①]童年时的吴兴周虽家境贫寒，却并没有影响他接受教育，因为徽州自古便是“十户之村，不废诵读”。在古代，徽州是一个相当封闭又相当贫瘠的山区，徽州人的族居情况特别突出。他们既重视自己的修学，也重视对下一代人的培养。古徽州有句俗语：“养儿不读书，不如养头猪。”只有读书，才有出路，已成了徽州人的共识。“几百年人家无非积善；第一等好事只是读书”的对联更是古徽州人重视教育的具体反映。“茅屋书声琅”的记载，则反映了在徽州经济再困难的家庭，也要供孩子读书的情况。正是由于古徽州人注重教育，所以，徽州人才辈出。

① 姚永森：《长江重镇芜湖之谜》，安徽人民出版社2009年版，第89页。

童年时的吴兴周在蒙馆中读了几年书。蒙馆即我们常说的私塾，私塾里的学生既有儿童，也有成年人。按照施教程度，人们把私塾分成蒙馆和经馆两类。蒙馆的学生以儿童为主，重在识字；经馆的学生以成年人为主，大多忙于举业。根据私塾的设置情况，清末学部把私塾分为义塾、族塾、家塾和自设馆。义塾带有免费教育的性质，以出身清贫家庭的子弟作为施教对象。族塾依靠族产支撑，属于宗族内部办学。族塾往往设在宗祠内，不招收外姓儿童。富家大户聘请名师宿儒在家专门教授自己的子女，这种私塾称为家塾。自设馆是塾师自行设馆招生，不拘姓氏。过去，私塾多为蒙学程度，以自设馆为最多，所以一般的私塾，即蒙馆，也叫蒙学，是中国封建时代对儿童进行启蒙教育的学校，主要教授识字、写字和封建道德的常识。一般用《蒙求》《千字文》《三字经》《百家姓》等作教材，无固定年限，采用个别教课，注重背诵和练习。

童年时的吴兴周因家贫在生活中遇到了不少难以忍受的磨难。不过，“穷”，既是坏事，也是好事。“穷”，激发了他摆脱贫困的强烈愿望；“穷”，造就了他特别能吃苦、特别能奋斗的性格，促使他敢于不顾风险，走出山区，为自己闯出一条生路。

第三节　到六安、庐州经商

1881年，已经13岁的吴兴周，遵循古徽州“前世不修，生在徽州；十三四岁，往外一丢”的传统，离开了家乡绩溪高迁，在亲友的推荐下，来到六安，在一家钱庄当学徒。

钱庄老板对学徒的管理教育比对店员更严，学徒的自由时间很少，看书只能看《尺牍》（写信用得上），允许学写毛笔字、打算盘（业务用得上）。起身在前，睡觉在后，吃饭在后，丢碗在前，中途还要伺候老板、先生、客人，如盛饭、添饭、打洗脸水等。学徒在三年内，如果勤奋学习，遵守店规，没有任何过错，且店内生意兴隆，就不会遭到辞退。三年满师，学徒升为店员，可以起薪（每月工资3—5斗大米），还可逐年增加点工资，行动也自由一些。所以，想取得常人不易取得的成就，就需要自身有过人之处。这过于常人之处，在大多数情况下，都不能只依靠天赋，而是要在平常不起眼的人事上下功夫，锻炼自己的心智和处理事情的能力。经过天长日久的积累，才能有超乎常人的聪明头脑，干成一般人干不成的大事业。

吴兴周在刚进钱庄做学徒的时候，什么琐碎的事情都要做，诸如擦桌扫地、端茶倒水等能想到的零碎活，都可能被吩咐去做。不过，吴兴周手脚利落、脑瓜灵活，对这些琐碎活从不抱怨，都是老实认真地完成，很讨伙计们和老板的欢心。据说他刚到钱庄时，简单的账目，只要心算一遍就能做到一口清。有时遇到复杂的账目，别人算几遍都没有把握的时候，老板非得等他再算一遍才放心。所以，每次伙计们出去办事，都愿意带上吴兴周。在这一次次的机会中，吴兴周得以见识到外面广大的世界。当然，对这个广大的世界，吴兴周可不只是看看热闹而已，而是认真地从一些小商小贩和大老板那里，学着一些为人处世的方法和道理。表面上看，吴兴周只是一个小小的学徒，但其实他的能力已经长进了不少。没过几年，吴兴周升任管账、经理，逐渐在六安的商界崭露头角。

明代王世贞说："徽俗十三在邑，十七在天下。"吴兴周经过在六安的历练，眼界逐渐高了起来。他决定离开六安，来到庐州（今合肥）。在朋友的资助下，他用自己多年的积蓄，在庐州开了一家小小的商铺。

在庐州经商的日子里，吴兴周继续寻觅发展的机遇。当他得知芜湖是安徽第一个通商口岸城市之后，便萌发了到芜湖发展的念头。

第二章　实业救国光明梦

民国芜湖县知事查钟泰在《芜湖新修县志序》中写道："光绪初，创建新关，外商纷至，轮舶云集，内外转输，沪、汉之间，此为巨擘。新机日辟，文化遂兴，郁郁彬彬，人才蔚起。"[①]初到芜湖的吴兴周，看到的就是这么一幅景象。

第一节　初到芜湖

"中国封建社会内的商品经济的发展，已经孕育着资本主义的萌芽，如果没有外国资本主义的影响，中国也将缓慢地发展到资本主义社会。外国资本主义的侵入，促进了这种发展。外国资本主义对于中国的社会经济起了很大的分解作用，一方面，破坏了中国自给自足的自然经济的基础，破坏了城市的手工业和农民的家庭手工业；又一方面，则促进了中国城乡商品经济的发展。""这些情形，不仅对中国封建经济的基础起了解体的作用，同时又给中国资本主义生产的发展造成了某些客观的条件和可能。"[②]

由于国际国内形势的变化，中国的经济状况发生了若干变化，特别是民族资本经济得到了较大的发展。此时的中国"由于外国资本主

---

① 余谊密主修，鲍实总纂，芜湖县旧志整理办公室点校：民国《芜湖县志》，黄山书社2008年版，序第4页。

② 毛泽东：《毛泽东选集》第二卷，人民出版社1991年版，第626页。

义的刺激和封建经济结构的某些破坏，还在十九世纪的下半期，还在六十年前，就开始有一部分商人、地主和官僚投资于新式工业”[①]。

芜湖由于在1876年中英签订的《烟台条约》中被辟为通商口岸，其商业逐渐偏离了传统的发展轨迹，开始向近代化演进。芜湖开埠以后，通过转口贸易的带动，新式管理机构如英国的怡和、太古、鸿安、罗森、享宝、和记、亚细亚洋行，日本的三井、三菱、铃木洋行，以及美国的美孚洋行，德国的瑞记洋行，他们将国外的工业产品运到芜湖再转销国内各地，又将芜湖及周边的农副土特产品运销国外。这不仅给芜湖的商业带来了活力，而且带动了整个城市经济的快速发展，使城市规模有了很大的扩张，人口集聚速度加快。尤其是米市由镇江七浩口转移到芜湖以后，直接刺激了传统经济和现代经济的发展，形成了较大的人口流动和产业带动效应。而此时，一部分商人、地主和官僚愿意投资新式工商业，芜湖亦有了现代意义的工厂和轮船公司。

吴兴周认为芜湖商埠的发展空间更大，于是就变卖了产业，带着所有的资本，于1900年来到长江之滨的芜湖，在长街开了一家宝兴京广货店，经营百货业。

民国《芜湖县志》称县市“由新市街出弼赋门，西抵江口，名十里长街，阛阓之盛，甲于江左”。并特别说明：咸丰兵燹，肆廛为墟，通商以后繁盛，视昔有加。江口一带米、木商及行栈居多，长街百货咸集，殷实商铺亦萃于此。[②]时任芜湖关道吴景祺于1900年在《创建利涉桥记》中称此处为“江口廛市熙攘之所”[③]。

吴兴周经营的宝兴京广货店中所售商品有三千余种，畅销的有火

① 毛泽东：《毛泽东选集》第二卷，人民出版社1991年版，第627页。

② 余谊密主修，鲍实总纂，芜湖县旧志整理办公室点校：民国《芜湖县志》，黄山书社2008年版，第27页。

③ 余谊密主修，鲍实总纂，芜湖县旧志整理办公室点校：民国《芜湖县志》，黄山书社2008年版，第94页。

柴、纸烟、英美煤油、德美玻璃、英美洋烛、日本洋伞、毛巾和线袜等。民国初年，芜湖的这类店铺共有26家，不过宝兴京广货店由于经营得法，吴兴周为人忠厚诚信，因此生意很是兴隆。1905年，中国首次爆发大规模的抵制洋货运动，吴兴周没有顾及生意上的损失，积极带头提倡国货。他的爱国行为受到了商界同仁的一致赞扬，他也因此一举成名。①

第二节　萌发转业办电

中国是一个农业大国，传统的观念是以农为本、以商为末。鸦片战争后，中国自给自足的自然经济日益解体，重农抑商的思想意识失去了赖以生存的土壤，各种救国思潮如雨后春笋般出现，其中就包括实业救国思潮。到20世纪初，中国的资本主义生产获得了初步发展，同时帝国主义国家在清廷卖国政策的帮助下，疯狂掠夺中国的资源和攫取中国的主权，民族灾难空前严重，这时资产阶级领导的民主革命运动也日趋高涨。中国资本主义生产的初步发展，提高了资产阶级投资办新式工商业的兴趣。帝国主义猖狂的殖民掠夺，激起了广大人民强烈的爱国热情，资产阶级也感到自己的生存和发展受到更加致命的威胁。清政府对民间“重商”的呼吁表现出“顺应”的态度，并采取了一些具体的措施。在这种情况下，号召发展本国民族资本主义工商业，抵制帝国主义侵略、掠夺的“实业救国论”，成了一种反映民族资产阶级的利益和愿望，且具有广泛影响的社会舆论效应。“实业救国论”者虽然不排斥其他温和的救国方式，但他们把发展实业放到首位，把经济建设作为国家富强的基础，这是“实业救国”思想区别于其他救国方式的主要特征。具体来说，“实业救国”就是以工业为中

① 龚英柏：《吴兴周：艰苦创业守成难》，见芜湖市党史和地方志办公室编：《江静听潮声：芜湖近现代百年人物》，黄山书社2016年版，第57页。

心来兴办中国的实业，通过兴办实业的途径建立起独立自主的中国民族资本主义经济体系，并以此来抵制外国资本主义国家的经济侵略，促进国家的经济发展，实现国家的独立、富强。

“到了同世纪（十九世纪）末年和二十世纪初年，到了四十年前，中国民族资本主义便开始了初步的发展。”[①]“实业救国”思潮推动了中国走上独立、富强的近代化道路，改变了人们的观念，动员了社会各阶层的人民热心参与实业活动，从而推动了中国近代工业的产生，使中国民族资本主义有了初步的发展。

这时，芜湖也掀起了一股兴办实业的热潮。在芜湖，1876年以后，外国资本、官僚资本、民族资本相继兴起，建立了一批资本主义性质的近代工业、商业、交通运输业、金融业企业。其中，民族资本是第一个有利于推动中国社会生产力发展的进步的经济成分。[②]

据《芜湖工业百年》统计，创办于19世纪末20世纪初的芜湖近代工业就有益新面粉厂（1897年）、同丰碾米厂（1899年）、福记恒机器厂（1900年）、鸿昌肥皂厂（1903年）、泰昌肥皂厂（1904年）、裕源织麻厂（1905年）、锦裕织布厂（1905年）、兴记砖瓦厂（1906年）等。

1900年2月8日，芜湖关税务司莫锐尔呈报的《清光绪二十五年芜湖关华洋贸易情形论略》称：近两三年来，已有人于本埠建立新工业，一为用外洋机器制米及磨麦粉之工厂，他则为收制蛋白、蛋黄之工厂。前厂定名为益新公司，若以其出产品之质而论，已有甚佳之成绩，但闻公司因缺乏充分之资本，未能获利，厂中每日可出上等米四百担，面粉六百担，此种货物于当地出售，并出口至镇江及汉口。收制蛋白及蛋黄之工厂，已有两家，开设于1897年，直至今年尚继续

① 毛泽东：《毛泽东选集》第二卷，人民出版社1991年版，第627页。

② 中共芜湖市委党史研究室：《中国共产党芜湖历史》（第一卷），安徽人民出版社2008年版，第11—12页。

营业。[①]

1904年“三月间，湖广总督张（之洞）与南洋大臣魏光焘，来莅本埠，系欲于离芜百里之湾沚，觅一兵工厂之位置。十二月间，铁良及署理南洋大臣周馥亦奉同样使命，于此勾留两日”[②]。此兵工厂即江南制造局，后落户他处，芜湖失去了一次工业发展的极佳机遇。

但是芜湖近代工业的发展仍然不容小觑，据《芜湖市志》记载：“近代，安徽的纺织、机械、粮食、化工等工业皆起源于芜湖。本世纪（20世纪）初统计，全省13家民族资本经营的工矿企业，芜湖一地即有5家，资本总额达57.8%。”[③]

正是在这样的环境下，吴兴周受“实业救国”思潮的影响，不再满足于一个小小的商号，他想办实业，希望干出一番大事业。芜湖作为安徽第一个通商口岸，随着贸易的发展和对外经济联系的加强，近代城市的雏形基本形成。与此同时，来芜湖旅行和定居的外国人日益增多，民族工商业有所发展，旧式城镇已经完全不适应人们近代生活的需求，近代城市公共工程建设开始摆上了人们的议事日程。

吴兴周办电之前，“电”在芜湖并不是稀罕之物。早在1876年，中英签订《烟台条约》，芜湖被辟为通商口岸，帝国主义列强在芜湖设立领事馆、总税务司、公共租界、教堂、教会学校、医院等机构，伴随而来的是为数众多的外国公职人员、神职人员、医教人员。在他们生活、工作的地方，电的使用是一件极为寻常的事。芜湖于1883年就开设了电报收发业务，可接收范围为长江沿线上游215里，下游150里，宁国方向到湾沚60里，应该说，功率还是比较强大的。但这些电

① 沈世培校注：《〈芜湖关华洋贸易情形论略〉校注》，安徽师范大学出版社2015年版，第133页。

② 沈世培校注：《〈芜湖关华洋贸易情形论略〉校注》，安徽师范大学出版社2015年版，第163页。

③ 芜湖市地方志编纂委员会编：《芜湖市志》（上册），社会科学文献出版社1993年版，第17页。

都是小规模供应，仅限于机构内部，并不面向社会大众。

吴兴周转业办电的想法源于一次偶然。1903年的一天，吴兴周忙完了店里的事务，天已经完全黑了下来，他急匆匆地往家赶，路过当时的芜湖范罗山时，看到和山下的一片黑暗相比，山上英国人的房子里是那么明亮，吴兴周不由得看呆了。

第二天早上，吴兴周就开始找人了解范罗山上为什么那么亮，洋人的房子里点的是什么灯。有人告诉他范罗山上的英国领事馆和总税务司所用的是电灯。当知道那些发光的东西是电灯，要靠电力才能点亮时，吴兴周一阵兴奋。后来去过上海的一些同乡告诉他，像这样的电灯在上海早就有了，在二十年前上海就有这样的电灯公司和发电厂。①

第三节 实地考察

此后，吴兴周决定以办电、“点亮芜湖”为转业方向，实践“实业救国”思想，造福于民。他考察了芜湖“照明”的环境与历史。1876年，开埠以前的芜湖是一座以昏黄的植物油灯和蜡烛灯照亮夜色的江城。1877年，芜湖开埠之后，很快就接受了西方的洋油灯（煤油灯）。这是因为西方的洋油商们先将洋油用小铁瓶装着，再配上洋油灯，免费送给官府、商家和民众。看着昏黄的夜色变得明亮，越来越多的人开始接受它。等到民众适应了洋油灯之后，免费赠送也变成了购买。美国人在青弋江南岸所设的洋油栈竟排起了长队。美国的美孚洋行后来在弋矶山北修筑了两座大油池，每座可容5000吨洋油；英国的亚细亚洋行也建了两座油池，每座可容500吨洋油。洋油灯将植物油灯和蜡烛灯扫荡殆尽，但此时电灯还未进入芜湖人的视野。

被电灯的神奇迷住了的吴兴周，赶紧买了一张船票，一路颠簸到

① 周金富、毓洪：《百年明远的故事》，《芜湖日报》2006年11月25日。

了上海。来不及欣赏大上海的繁华，也来不及吃上一口饭，吴兴周一路打听着，辗转找到了新申电气公司。不过由于他穿着打扮土里土气，不论他如何说明，新申电气公司的门房都不让他进入。吴兴周只好找个小旅馆先住下来，慢慢想办法。

第二天，吴兴周找到一个来上海经商多年的绩溪同乡，把自己想在芜湖办电厂的想法告诉他，请他帮忙引荐一下新申电气公司的人。吴兴周在小旅馆里焦急地等了好几天都没消息。这时候，店里又发来了电报，让他赶紧回去处理店里的生意。就在他心情沮丧准备离开的时候，小旅馆的门开了，那个老乡带了一个人进来。这个人是浙江人，叫姜忠浩，是新申电气公司的工程师。

姜忠浩向吴兴周详细介绍了电力生产的流程以及电力照明的原理。他告诉吴兴周，全中国只有五家电厂，安徽一家都没有，在芜湖建电厂一定能赚钱。姜忠浩还告诉吴兴周，电力是个高投入的产业，办电厂需要大量的资金。①

知道这些情况之后，吴兴周兴致勃勃地回到芜湖，立即开始筹划办电厂的事。他首先抽出了自己在宝兴京广货店的资金，然后向在芜徽商提出了募集资金的请求。

吴兴周是一位徽商，而徽商是以血缘和地缘关系为纽带结成的商帮团体。“亲不亲，故乡人；美不美，乡中水。”有着共同的血缘或者地缘关系的徽商，有着很强的认同意识。在人生地不熟的他乡，碰见了同族人或者家乡人，徽商往往会兴奋不已。这种固有的“宗族意识”和“乡谊观念”，形成了徽商以众帮众、相互提携的传统。“千人同心，则得千人之力；万人异心，则无一人可用”，相互提携自然也就形成了一种团队精神，在商场竞争中形成了一个集体优势。徽州人胡适早就认识到徽商宗族团体的优势，他听说家乡绩溪准备编纂县志时，就说：县志应注重邑人迁徙经商的分布与历史。县志不可但见小

① 周金富、毓洪：《百年明远的故事》，《芜湖日报》2006年11月25日。

绩溪，而不见那更重要的“大绩溪”。若无那“大绩溪”，小绩溪早已不成局面。胡适所说的“大绩溪”，实际上就是靠宗族纽带联系的散落于各地经商的绩溪人团体。宗族意识在这里起着关键性作用。事实也确是如此，后来吴兴周创办明远公司及投资民族工商业，都是徽商精神中的“以众帮众”这一原则的体现。

第三章　初创时期多坎坷

一百多年前，中国正处于封建社会，人们科学意识落后是不争的事实。芜湖虽然成为通商口岸，在全省范围内率先受到西方各种文化思潮和科学技术的影响，但仍然受到来自社会上的各种偏见的干扰。在这样的环境下，吴兴周和一批志同道合的人士秉持“实业救国”的理想，勇敢地站出来，勇于探索，敢于冒险，率先引进发电技术，在芜湖发电成功，走上了民族资本“点亮芜湖”的道路。

第一节　募股集资

吴兴周创办电灯公司的计划，首先获得了同乡程宝珍的肯定，他也是宝兴京广货店的合伙人。但是创办电灯公司所需资金巨大，经过筹划，吴兴周、程宝珍等人除联络本埠商家响应参股外，还在上海《中外日报》发布了招股广告。1904年6月26日，《中外日报》载：芜湖近有某绅拟招股一万五千金，在此间创一电灯公司，刻已集有八十股，计银八千金。一俟股份集齐，即当禀请地方官立案，购机先行试办。

同时，芜湖人张性存也有兴办电灯公司的想法。1905年12月10日，上海《申报》刊登消息称：芜湖开办电灯（公司）早有成议，兹经张君性存集股十万金，禀准商务局立案专利。刻已购机置地，不日兴工。闻李伯行京卿、李仲洁观察皆认有股份，并向恒泰、源泰两钱庄往来，即由两庄代收股款。是以，附股者颇形踊跃。结果，消息见报，反响不大。由于清末安徽全面推进新政需要巨额资金，再加上每年分摊《辛丑条约》数十万赔款，安徽财政更是捉襟见肘，无论是官府还是民间，资金均严重短缺。张性存的集股遇到困难，改由程宝珍、吴兴周以徽商为主广招民间资本合办。

据赵更生主编《芜湖供电志》考证，1904年6月26日《中外日报》这则消息报道的是当时发生的事情，应属可信史料。但因消息本身缺少具体人、具体公司以及此举的成败情况，故不敢断言此即明远电厂创始，只能留作存疑。①查阅资料，有人认为“某绅”为吴兴周，亦有人认为“某绅”是张性存，为叙述方便，采用吴兴周说。

1906年12月1日，明远电灯公司在《申报》又刊登招股广告称：本公司自张宗吉性存于去年创办，本年四月复由程宝珍次濂、吴正塵兴周相继合办，具禀商部在案。先共集认股银三万两……（现）拟集漕平银十万两，作一万股，每股银十两。

所谓“漕平银”，是指当时流行的一种度量衡标准。清末民初，银两的价值是由重量和含银纯度所决定的，称量银两重量的叫“平”，表示含银纯度的叫“色”。银两的重量标准分官平和市平两大类。官平是由政府规定的重量标准，一般包括库平（每两37.3克不等）、关平（每两37.7993克不等）、漕平（每两36.65克不等）等；市平是民间通用的重量标准，种类繁多。②

为了进一步募集资金，鼓励认购股票，公司对股东除了分红派息之外，对于代招公司股票者，每“代招一百股者，即酬红股五股，代招若畸零，可与人凑领，一体给息分红”。并设优先股三千股，“计股银三万两，以登报一个月为限，满额即止，官息与寻常股同，红利则

① 赵更生主编：《芜湖供电志》，1989年，第312页，芜湖市档案馆图书资料。

② 沈世培校注：《〈芜湖关华洋贸易情形论略〉校注》，安徽师范大学出版社2015年版，第1页。

加二成，分派十年”。股本官息每月一分，交银次日起核；红股官息亦每月一分，开灯起核。这一系列募股的优惠做法，为公司创办初期发挥了积极作用。[①]

吴兴周等明远公司的创始人都是秉持“实业救国”理想的爱国民族工商业人士，他们坚持民族工商业就要由民族工商业人士来办，要由中国人自己来办的原则。因此，他们在原始招股章程第四节明确规定：本公司股份均招自中国人，不收洋股。如有抵押转卖，查非中国人，即将该股票作废，股份充公。该规定附印于股票反面，并且他们在募股过程中始终坚持了这一基本做法。

吴兴周、程宝珍发出集股倡议之后，响应者甚众。同乡周淑培、胡应莲等人，以及芜湖、合肥、至德（今东至县的一部分）、青阳、石台、徽宁等地一些商界人士积极认股，最终募集漕平银十二万两（每股银十两），解决了创办电灯公司的资金问题。

随之，股东代表成立董事会。公司董事会成员有吴兴周、程宝珍、陈米臣、翟凤翔、濮秋澄、汤善福等。程宝珍任董事长，吴兴周任总经理。

初创时期，明远公司原创办人张性存与吴兴周、程宝珍在经营方式上看法不一致，双方矛盾开始激化，而后者得到董事会多数股东的支持。1907年7月6日，程宝珍、吴兴周在《申报》上发表声明：芜湖明远电灯公司由次濂、兴周认定巨股，并招集多股，遵照部章创设开办。初议购办机器由张性存经理、次濂主之，乃性存办事未能一秉大公。次濂、兴周既任其责，不得不邀集股东开会重议，所有应办各件暂拟缓购，如性存私向各行号或有订货借款等情，本公司概不承认。此则声明实际上已剥夺了张性存在明远公司的权力。接着股东大会又通过决议，于1908年5月，将张性存正式辞退。[②]

① 胡毓骅：《徽商吴兴周和芜湖明远公司》，《徽州社会科学》2013年第12期。

② 胡毓骅：《徽商吴兴周和芜湖明远公司》，《徽州社会科学》2013年第12期。

第二节　光明初放

1906年，明远公司挂牌于毗邻大马路的十九道门（现步行街花钟左侧）。（图3-1）为什么公司取名“明远”？董事会认为，“光明到永远”寓意吉祥永远，百年不衰。明远公司首先向清政府农工商部呈递了注册商标，经批准为“黑白月亮”图案，一方面像太极八卦，黑白分明；另一方面寓意日月同辉，要让明远的电灯像皎洁的月光一样，将芜湖的长夜照亮。自此，明远公司犹如这一轮明月在芜湖冉冉升起，点亮芜湖。公司冠名“明远”和注册商标定为“黑白月亮”图案，足见吴兴周广告策划的智慧。

图3-1　明远公司远景

明远公司占地四十亩，选址颇费了吴兴周一番心思。当时，西门外下十五里铺（今芜湖明远集团公司所在地）为城乡接合部，位于城区的北边界线。1910年，安徽巡抚朱家宝派人会同关道赵上达丈量西门外商埠，东至县城，西至江（即长江）沿，南至大河（即青弋江），北至蒲草塘电灯公司、陶家沟。徽商讲究风水堪舆之说，明远公司选址，既要得地利之先，又要考虑今后发展。明远公司坐北朝南，面对陶塘（镜湖），背倚赭山，枕山面水，负阴抱阳，形成了一个相对独立的地理环境。其既可以依靠赭山建立电站输电，又可以将水泵房建在陶塘水边，用水泵将陶塘的水打到厂内，利用凝结器的冷却水直流循环，节省冷却塔和蓄水池。由于明远公司毗邻繁华的大马路、长街，供电线路短，效率高，效益可期。

据《芜湖市志》介绍：明远电厂凝结器所用的循环水，取自陶塘。在塘边建有进水泵房1座，安装了3台水泵，其电动机容量分别为15、20和30千瓦。通过直径300毫米的压力铸铁管将水送到厂内园水池中，然后由循环水泵从园水池中将水送到凝结器内循环。循环水的出水先放入厂内另一园水池中，再从地下混凝土管道流到厂前区的冷却水池中，由此通过暗渠流回到陶塘。2台循环水泵均为离心式，系德国西门子公司产品。1号泵的电动机容量为25千瓦，2号泵的电动机容量为56千瓦，转速均为1465转/分。①

明远公司距离商业繁荣的二街、长街不远。从这里开始立杆布线，直达市区用户距离比较近，距离商号、租界、学校和医院都不远。当时的选址充分显示了吴兴周的多谋善断、精明强干。

吴兴周当时拿下这四十亩地颇费了一番周折，这四十亩地是用十九块地拼凑起来的，有十九张地契。为了拿到这十九张地契，吴兴周挨家挨户拜访说合。其中有一块地是一个大户人家的祖坟地，这户人家怕建电厂破坏风水。就为了这块地，吴兴周想尽了办法，请本地乡

---

① 芜湖市地方志编纂委员会编：《芜湖市志》（下册），社会科学文献出版社1995年版，第234页。

绅名流去做工作，并且许以高价，才把这块地买下来。[1]（图3–2）

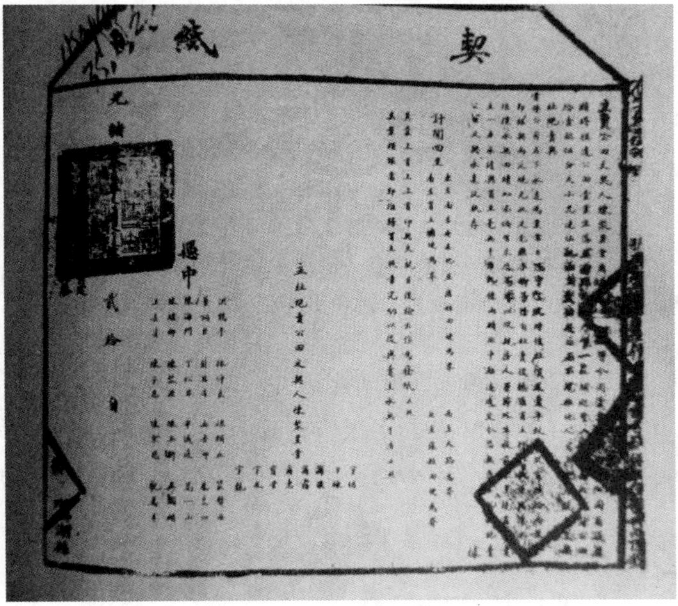

图3–2　明远公司购地契

接下来，吴兴周的眼光瞄准早先起步的上海新申电气公司的电气专家姜忠浩，他来到新申电气公司再次拜访了姜忠浩。姜忠浩领着他参观了新申电气公司的设备和生产场地。吴兴周通过姜忠浩的介绍又认识了三位德国专家：罗史、门鲁和培路。这三位供职于上海西门子洋行的电气工程师，承包了明远公司的厂房设计、设备订购、安装和调试等一应事宜。1907年3月19日，芜湖关税务司姜司顿呈报的《清光绪三十二年芜湖关贸易情形论略》称："其他公司，资本已筹划者，为本城电灯厂，现正预备房屋及器械。闻机器已在外洋购订（订购）。"[2]在晚于明远公司一年之后，安庆（当时的省会）、蚌埠、大通

① 胡毓骅：《徽商吴兴周和芜湖明远公司》，《徽州社会科学》2013年第12期。

② 沈世培校注：《〈芜湖关华洋贸易情形论略〉校注》，安徽师范大学出版社2015年版，第171—172页。

电厂才相继建成投产。[①]

1907年，明远公司在下十五里铺安营扎寨，施工条件十分艰难。这里对面有一条名叫姚家藕（音“浜”）的狭窄巷道，十分崎岖难行。虽然1902年这里就开始正式修筑大马路（今中山路步行街），但它为碎石砂浆路面，一逢雨天，仍然是泥泞不堪，举步难行。明远公司的建筑材料都必须通过这里运到场地。[②]

经过一番披荆斩棘，明远公司钢筋混凝土结构的发电机房已傲然挺立，六角形的烟囱有18米高，成为当时芜湖的地标性建筑。1908年3月16日，芜湖关税务司姜生呈报的《清光绪三十三年芜湖关贸易情形论略》称：电灯公司已于去年报告中述及之，发电厂已筑成，订自欧洲之机器，尚未运到。该公司之资本为十万两，每股一百两（应为“每股十两”——编者注），股东均系华人。多数之商店及饭馆，均表示愿装电灯也。[③]

1908年11月，两台125千瓦的三相交流发电机和两台200马力的蒸汽机，先后自德国、英国运抵芜湖。姜忠浩等四位电气专家紧张加班连轴转，安装、调试机器和培训工人，使发电机及相关设备竣工投产，前后只用了约一个月时间。这年12月的一天晚上7时，吴兴周一声令下，发电机房合上了电闸，长街、大马路上的数百盏路灯，官署、商号、茶楼、酒肆的数千盏电灯瞬间齐刷刷地照亮了大地。[④]

与此同时，当时芜湖的地标性建筑——六角形的烟囱，冒起了浓浓的烟尘。这也标志着吴兴周已经由一位坐商转变为民族实业资本家。

明远公司于1908年7月1日又向社会公开募股，股票载明：“本公

---

① 陈基余、赵培根主编：《安徽大辞典》，上海辞书出版社1992年版，第220页。

② 朱鼎元：《芜湖中山路街史》，见方兆本主编：《安徽文史资料全书（芜湖卷）》，安徽人民出版社2007年版，第726页。

③ 沈世培校注：《〈芜湖关华洋贸易情形论略〉校注》，安徽师范大学出版社2015年版，第177页。

④ 姚永森：《长江重镇芜湖之谜》，安徽人民出版社2009年版，第91—92页。

司于光绪三十四年奉准农工商部注册，立案招集股本漕平二七银十二万两，每股银十两。”（图3-3）

1909年3月5日，芜湖关税务司湛参呈报的《清光绪三十四年芜湖关华洋贸易情形论略》称：本口开风气之电灯，上年曾论及之，本年冬季，其公司之场屋、机器均布置完备，不日即开炉引电，所设在康衢要道之灯计二百盏，各商号及茶楼、酒肆之订购者三千盏。公司所用之引电机器，系由德国运来，其余机器并蒸汽炉，系由英国运来。①

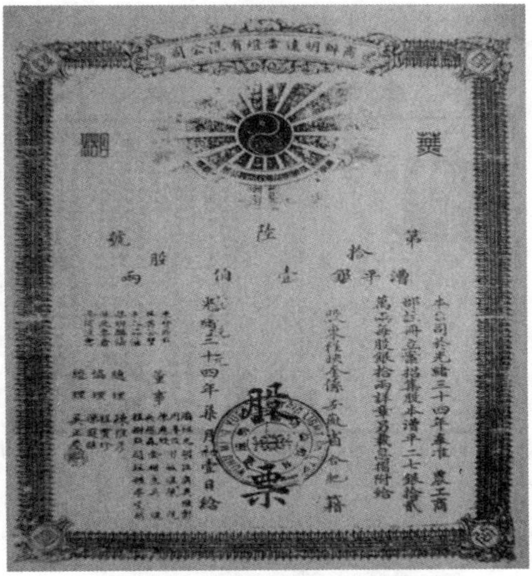
股票

图3-3　1908年明远公司股票

1910年3月24日，芜湖关税务司马耀呈报的《宣统元年芜湖关华洋贸易情形论略》称：“今有一极可注意之事，即为四月中，本埠装设电灯。当草拟报告时，约有四千盏，发动机之马力，已颇够用。现又另外购订机器，将来此机器到时，不仅可多装电灯，并可供给本埠制米厂机器之用。本埠现已有四家采用外洋机器之制米厂。”②但由于技术问题，电力供应仍存在着不足。1911年2月20日，芜湖关税务司马耀呈报的《宣统二年芜湖关贸易情形论略》称：“安设电灯之户虽较增，但电灯之发光力，则为较弱。”③

① 沈世培校注：《〈芜湖关华洋贸易情形论略〉校注》，安徽师范大学出版社2015年版，第184—185页。

② 沈世培校注：《〈芜湖关华洋贸易情形论略〉校注》，安徽师范大学出版社2015年版，第190页。

③ 沈世培校注：《〈芜湖关华洋贸易情形论略〉校注》，安徽师范大学出版社2015年版，第195页。

第三节　举债经营

在那个落后的年代，一个新生事物能被老百姓认可接受，必然要经历一番尴尬的过程，甚至付出万般辛劳。

辛亥革命前后，知识分子最先觉醒，但整个社会风气还相对闭塞，老百姓思想还不开化，不仅在心理上排斥使用电灯，甚至是对电灯感到恐怖。有些老年人说电灯是不祥之物，特别是对小孩子非常危险，可以摄去他们的灵魂。芜湖长街一些商家甚至联合成立“反对电灯委员会”，予以抵制。于是，明远公司前三个月发出的电就这样白白地浪费了许多。此时的吴兴周心急如焚，他带着公司员工挨门逐户去宣传用电的好处，劝说人们放弃使用油灯和蜡烛。但是大多数人对他的宣传无动于衷，有的还将他们拒之门外，任其喊破嗓子也不开门。明远公司一时走进了“入不敷出”的困局。[①]即使一部分采用了电灯照明的用户，也以种种理由来拖欠电费。1909年，明远公司电价为每度银元2角2分。商户认为电价较高，拒交电费。明远公司则以断电相挟，双方僵持不下。后经商会及时出面调解，双方都做了让步才平息纠纷。

公司初期仍然沿袭旧式店铺的管理办法，只设“管账”一职总揽经营，不适应现代工业企业运作。管理上十分简单，每年“上七”（农历正月初七）定事，有不守厂规和表现不好的，就在那天当众辞退。[②]但明远公司当时有职工80余人，大多数来自股东或地方有头有脸的当权人士的保荐。这些人工作懒散，导致制度形同虚设，“辞退”实际上成为空谈。内部复杂的人事关系是吴兴周非常纠结和头痛的

① 胡毓骅：《徽商吴兴周和芜湖明远公司》，《徽州社会科学》2013年第12期。

② 吴名骝、葛宗仁：《走历史的必由之路——记芜湖明远电厂的创建、遭遇、新生和发展》，第3页，芜湖市档案馆馆藏资料。

事。初创时期的明远公司面临着又一个难以解决的困难，不久公司就处于负债经营状态。

一些股东求财心切，要求退股，甚至连最亲密的合伙人程宝珍也动摇过。这对于吴兴周来说是一个严峻的考验。但绩溪商人崇尚“徽骆驼”和“绩溪牛”精神。这里的“徽骆驼”和“绩溪牛”指的是走出家乡四处经商的徽州商人。“徽骆驼”“绩溪牛”中的骆驼和牛是人们所熟知的两种哺乳动物。在风沙弥漫、干旱缺水的沙漠地区，骆驼是主要的畜力；在田园阡陌、春耕秋耨的农耕地带，牛是人们得力的助手。日久天长，在人们眼中，骆驼和牛便象征着吃苦耐劳和勤恳努力，体现了徽州人和绩溪人的敬业、执着、拼搏、进取、友爱、和谐等优秀品质。骆驼和牛能吃苦耐劳，喻指绩溪人有实干精神。以骆驼和牛来形容，一方面说明的是徽商创业的艰辛，另一方面指的是徽商具有忍辱负重、坚韧不拔的精神。这种精神正是徽商创业成功的重要因素之一。[①]

吴兴周顶着来自各方面的压力，用“徽骆驼”和“绩溪牛”精神激励自己，以明远公司1910年时的全部资产向大清银行[②]高息举债，周息八厘。背水一战，才保住正常运转。举债经营，实际上是饮鸩止渴，危机并没有完全解除。在这笔来自大清银行的债款到期后，明远公司遇到更大的窘境。由于无法清偿，银行方面控于官厅，要求执业抵偿债务。吴经理据理抗争，坚决不接受。延至1912年，始达到分期止利还本目的，公司债务负担骤减，厂产赖以保全。从此营业渐入正轨，年有盈余，最高曾发过周息八厘，红利称是。[③]

① 李琳琦主编：《话说徽商：图文商谚本》，中华工商联合出版社2006年版，第80页。

② 1909年9月，由户部银行改组而成的大清银行在芜湖设立分行，这是芜湖最早的一家中央银行机构。

③ 《明远概况》，第2页，芜湖市档案馆馆藏资料。

第四章　携手同心谋生存

随着用电形势的逐渐向好，吴兴周等人加大了对电力工业的投入，明远公司成为全国“二等电厂最完备者”。但新生事物前进的道路肯定是崎岖不平的，顽强的吴兴周坚持渡过了难关。

第一节　开启工业用电

辛亥革命前，民族资产阶级的社会地位较为低下，常常受到帝国主义和封建势力的压迫。辛亥革命后，民族资产阶级的社会地位有了明显提高。南京临时政府不失时机地颁布了许多有利于振兴实业的政策法令，在一定程度上消除了清政府时期束缚民族资本发展的障碍，芜湖由此出现了一个振兴实业的高潮。①明远公司无疑是振兴实业政策的受益者。

此时，芜湖的无产阶级也随着地方工业的发展而发展起来。无产阶级是以机器大工业为物质技术基础的资本主义生产方式的产物。芜湖的无产阶级最早产生在1876年后的外国人在芜湖创办的企业中，随后又出现在19世纪80年代清朝官商合办的企业和90年代兴起的民族资本企业中。到1912年，芜湖近代产业工人已有千余人。据1912年不完全统计，全国商办工业资本共5480万元，安徽为59.3万元，而芜湖

① 中共芜湖市委党史研究室：《中国共产党芜湖历史》（第一卷），安徽人民出版社2008年版，第18页。

注册资本为32.8万元，占安徽商办资本的55.31%。[①]

第三章第三节最后说到，明远公司来自大清银行的债款到期后无法清偿。但所幸明远公司的业务量还是逐步增长的。1911年，同丰米厂与明远公司订立专线输送电力契约后，工业用电开始。[②]

1913年3月26日，芜湖关税务司亚纳柏司脱呈报的《民国元年芜湖关贸易情形论略》称：最近在地方工业中，划一新纪元者，即为四月中成立电力制米厂，计内装有七组机器，均以电力旋动之，每日下午四点时开工，至上午六点时收工。在此期间，可制米六百担。[③]

除同丰米厂外，益新面粉厂也与明远公司订立了专线输送电力契约。对此，流传着两种说法。

一说：益新面粉厂的创办人章维藩找到吴兴周，说他的面粉厂扩大生产规模，新进了几台新式磨粉机，需要大量电力，希望电厂能够架设一条专供他的面粉厂使用的线路。吴兴周立即答应章维藩架设专线的请求。第二天，吴兴周亲自出马，带领职工用了三天时间就架设好专供线路，开始给益新面粉厂供电。[④]

另一说：当时芜湖工商界的风云人物章维藩找到吴兴周，说他新进了几台新式的磨粉机，需要用电，可不可以架设一条专线给他的面粉厂供电。吴兴周喜出望外，一把拉住章维藩的手说，兄台真是我明远的救星，你的面粉厂用电，我给你最优惠的价钱。

这件事让吴兴周豁然开朗，明白了寻找工业用电才是明远公司唯一的出路。第二天一早，吴兴周亲自去敲芜湖一家大工厂经理的门，

① 中共芜湖市委党史研究室：《中国共产党芜湖历史》（第一卷），安徽人民出版社2008年版，第19页。

② 芜湖市地方志编纂委员会编：《芜湖市志》（下册），社会科学文献出版社1995年版，第259页。

③ 沈世培校注：《〈芜湖关华洋贸易情形论略〉校注》，安徽师范大学出版社2015年版，第208页。

④ 胡毓骅：《徽商吴兴周和芜湖明远公司》，《徽州社会科学》2013年第12期。

一笔一笔为他算账，宣传用电的好处。他还以章维藩为例，做这位经理的说服工作。但是一天下来，他讲得口干舌燥，仍然毫无进展。吴兴周不焦躁，不气馁，第二天一早又准时上门，继续做这位经理的说服工作。就这样，一家一家地跑，吴兴周终于以他的谦恭和真诚感动了厂家，和当时芜湖几家大的工厂订立了专线送电契约。[①]

即以益新公司为例，它增设了“机器七副，皆借电力运动，每日下午四点钟开碾，清晨六点钟停工，出米计六百石”。公司年产三十万袋面粉，除供应本市外，还大量外销，所生产的“飞鹰”牌商标面粉畅销于长江流域，被誉为全国头牌面粉。[②]

工业用电虽然开了一个好头，但当时主要的用电仍然是照明用电，且由于社会对这项新技术不够了解，一时“风气未开，用户奇少”。到1912年，仅有电灯4000盏，路灯331盏，功率每盏25瓦，用电负荷近110千瓦。[③]1913年3月26日，芜湖关税务司亚纳柏司脱呈报的《民国元年芜湖关贸易情形论略》称：“本埠之电灯公司，今年安设电灯之总数为四千盏，较去年增多八百盏，计街灯共有三百三十一盏。”[④]

自1914年至1919年间，电灯数量逐年增加。1915年，各机关及商店照明电灯4200余盏，街灯1800盏，电灯有15瓦和100瓦两种。[⑤]“本埠电灯亦以煤炭价贵之故日见发达……常年不过三四千盏，近增

---

① 周金富、毓洪：《百年明远的故事》，《芜湖日报》2006年11月25日。

② 中共芜湖市委党史研究室：《中国共产党芜湖历史》（第一卷），安徽人民出版社2008年版，第18页。

③ 赵更生主编：《芜湖供电志》，1989年，第128页，芜湖市档案馆图书资料。

④ 沈世培校注：《〈芜湖关华洋贸易情形论略〉校注》，安徽师范大学出版社2015年版，第205页。

⑤ 芜湖县地方志编纂委员会编：《芜湖县志》，社会科学文献出版社1993年版，第188页。

至一万余盏。”[①]

1919年五四运动爆发之后，芜湖各界积极响应。许多商号和商人响应上海“救国十人团”的号召，奋起抵制日货，这一斗争持续到6月28日方告一段落。但芜湖人民未停止抵制日货的行动，继续将这一斗争持续了数月之久。[②]据《安徽省志·电力工业志》记载，芜湖明远电灯公司工人，为了抵制日货，于1919年5月20日，将电灯杆上的日商广告全行拆除。[③]

第二节　扩大规模

第一次世界大战期间，参战的帝国主义国家无力东顾，中国相对稳定平和，芜湖工业有了很大的发展，到1920年7月，全市产业工人在2000人左右。[④]

吴兴周深感这是工商企业的发展良机，明远公司必须尽快适应工业用电的增长。1911年，明远公司与同丰米厂签订专线送电契约，开拓了工业用电道路，解决了公司创建以来的亏损问题。随着芜湖第一家机器铁工厂——王福记机器铁工厂成立，接着又有同兴、吴永昌机器铁工厂和同福泰翻砂厂建立，芜湖裕中纱厂和大昌火柴厂又分别于1919年和1920年投产，工业用电进一步增加。1925年左右，芜湖机械、纺织、火柴、粮食、面粉加工业逐步展开，工业发展有所抬

① 余谊密主修，鲍实总纂，芜湖县旧志整理办公室点校：民国《芜湖县志》，黄山书社2008年版，第248页。

② 中共芜湖市委党史研究室：《中国共产党芜湖历史》（第一卷），安徽人民出版社2008年版，第49页。

③ 安徽省地方志编纂委员会编：《安徽省志·电力工业志》，安徽人民出版社1993年版，第5页。

④ 中共芜湖市委党史研究室：《中国共产党芜湖历史》（第一卷），安徽人民出版社2008年版，第20页。

头。[①]由于同丰米厂、王福记机器铁工厂、同福泰翻砂厂、大昌火柴厂等利用电力作为动力，工业用电量激增，用电负荷增加到相当于3.8万盏电灯。[②]

抓住机遇的吴兴周，决定趁着有利时机大干一场。他说服董事会，于1925—1926年间实施第二次投资扩建电厂。他从德国西门子公司购进800千伏安汽轮发电机1台（合640千瓦），又从英国拨伯葛公司购置5吨/时锅炉1台，于1929年全部安装竣工，投产发电，每天供电12小时。这一举措有效地缓解了供电不足的情况，明远电厂也一跃成为全国“二等电厂最完备者”。[③]

继工业用电之后，明远公司用电领域更加开阔。据《芜湖市志》“大事记”部分不完全统计，1926年，芜湖青年会篮球场装上了电灯，这是芜湖第一个灯光球场。1927年，芜湖青年会主办科学演讲，首次使用无线电播音；中国银行芜湖分行从上海购置了芜湖第一架收音机，投入收听。1928年，芜湖电报局购置短波无线电台一部，对外开展无线通讯（信）。[④]这些新生事物都依靠电力支撑。由于增加了电力、电热等方面的服务，原先的“芜湖商办明远电灯股份有限公司”已经不能完整地表达公司内涵，1929年，明远公司更名为“芜湖商办明远电气股份有限公司”。（图4-1、4-2）同年7月，明远公司加入全国民营电业联合会，公司的经营管理一步步地完善。

---

① 吴名骝、葛宗仁：《走历史的必由之路——记芜湖明远电厂的创建、遭遇、新生和发展》，第4—5页，芜湖市档案馆馆藏资料。

② 赵更生主编：《芜湖供电志》，1989年，第128页，芜湖市档案馆图书资料。

③ 具体参见吴名骝、葛宗仁：《走历史的必由之路——记芜湖明远电厂的创建、遭遇、新生和发展》，第4—5页，芜湖市档案馆馆藏资料；《明远概况》，第3页，芜湖市档案馆馆藏资料；胡毓骅：《徽商吴兴周和芜湖明远公司》，《徽州社会科学》2013年第12期。

④ 芜湖市地方志编纂委员会编：《芜湖市志》（上册），社会科学文献出版社1993年版，第53—56页。

图4-1　明远公司商标

图4-2　明远公司铭牌

为配合扩建汽轮发电机组，董事会决定重新建造厂房。1925年建成使用的汽轮发电机房为钢筋混凝土框架结构，面积600平方米。两层建筑，底层为凝汽室，上层为汽轮发电机间。屋顶系进口花旗松木质人字屋架，屋面铺设瓦楞铁皮，山墙高17米。锅炉房均为砖木结构，屋架为进口花旗松，屋面铺瓦楞铁皮。一、二号锅炉房面积为300平方米，高12米。三号锅炉房面积为600平方米，高10米。烟囱为六角形，用红砖砌成，顶部内径1米。①（图4-3）

图4-3　明远公司厂房（中间为六角形烟囱）

① 芜湖市地方志编纂委员会编：《芜湖市志》（下册），社会科学文献出版社1995年版，第230页。

参与第二次投资的股东，包括第一次募股以来增加的新股东，分布在芜湖、徽州、合肥、六安、上海等地，以芜湖为最多，占股份总数的二分之一以上。股东中股份数额最大的是吴兴周，约占股份总数的二十分之一，这是吴兴周把旗下的企业息业、抽股或转让变卖，将一应资金转移到明远公司所获得的股份。其次较大的股东有周协恭、濮秋澄等，股份都在一万份以上。①

这次新老股东换发股票，吴兴周再次重申："股权仅发给中国人，不得向外国人转让，否则不予登记过户。"这一规定，充分体现了在第一次世界大战结束之后稍长一段时间，帝国主义重新加强了对中国民族工商业的控制和压迫的情势下，吴兴周旗帜鲜明的社会责任意识和赤诚的爱国情怀。

生产规模上去了，但窃电、拒交电费是一个持久的难题。一些用户私接电线，当公司派员检查时，遭到无理阻拦；一些党政军警机关拒交电费，甚至发生打伤收缴电费工人的事件。公司递交催款通知，他们装聋作哑，不予理睬。对一些"地头蛇"人物，除了优待电费、按节送礼外，还要以"顾问"名义，按月送去车马费，否则他们就会找上门来无事生非。公司有些年份仅窃电损失就高达同期发电量的50%。很多时候电卖出去了，但电费收不上来。吴兴周专门组织了一班人，挨家挨户上门收电费。但遇上不讲理的人家，不仅收不到钱，还要遭人殴打。

第三节　苦渡难关

虽然供电形势向好，但由于设备老化，1928年之前，明远公司发生了五次重大事故，造成巨大损失。据郑又新老人回忆，这五次重大事故是：一、某晚电机忽停，老轨（江浙方言，即老管，亦称总工

① 《抗战前股东持有股份统计表》，芜湖市档案馆馆藏资料。

头——编者注）奔告“代那模”烧掉，机房内果闻线圈烧坏气味。查究原因，“立式引擎”配更烧毁，电机无恙。二、永平里变压器深夜走电，电力增高，连接用户电告“铜床发麻，灯线灼火”，立采紧急措施，拉断开关。三、锅炉水表不灵，炉底烧干下脱。四、马路二千三百“伏尔脱”高压线忽然中断拖地。五、锅炉部分八寸水汀管新接闷头炸通。尽管管理层认为，要加强内部管理，不能麻痹大意，保证安全供电，但因多种原因，事故难免发生。

1928年9月14日，明远公司发生了触电毙命事件，史称“九一四”事件。从“九一四”事件起，陆续发生同类触电毙命事件，竟达数十次之多，公司均须给以相当抚恤费。后来经媒体报道，此类事件事出有因，是因为电话线脱落搭在路灯线上，造成人身伤害。电话局始创于民国初年，当时限于条件，全部采用铅线。铅线的寿命是有一定限度的，到“九一四”时，已经锈蚀了，经不起暴风雨袭击。又与明远电厂的高低压电线同时架在木柱上，庞杂不清，接触自然难免。此事一经披露，立即引起公愤。有一次，愤怒的群众涌至电话局责难，但该局以自己是“部办”机构作为护身符，蒙混群众，说“话线电弱，不会伤人”，以逃避责任。明远电厂遂委派郑又新为代表，前往南京与交通部交涉。交通部仍然根据“话线电弱，不会伤人”和“南京、上海皆有明线，鲜闻肇祸”为理由，拒绝明远电厂提出的“双方同时改革”的建议。郑又新据理力争，当场指出：一、京沪虽有明线，但用的是铜线或镀镍钢丝，拉力较强；二、它们干线全用一百对以上、五十对以下的电话缆，分线始用铜线钢丝，且低于电厂线路，根本强弱电绝缘。回芜后他又以书面郑重声明：芜（湖电话）局有五百余用户，街道狭隘，马路、二街交叉点（电）话线高于（路）灯线多至二三十档，不合规格。每遇风暴，纷纷坠落。假使落于（路）灯线上，传电至另一头中断及地（电）话线，触及行人脑部或其他要害，即有立刻毙命危险。尤以劳动人民为多（他们缺乏雨衣帽、雨具，通体淋漓，更易触电——作者原注）。这样的危险程度，决非一方面所能解除，责任属于（电）话局。并提出密如蛛网的交叉点（电）话线摄影及其锈线。赤裸裸活生生的事实摆在面前，他们才允许俟查明订出计划，与本厂同时改革。最终，明远公司与电话局通过法庭协商解决。①

1928年，明远公司与用户采用安装电度表，或包灯（以灯头计数）的两种计算办法。表灯每度电价上调至银元2角3分5厘，包灯25瓦，通夜每盏每月收银元1元9角6分，下半夜每盏每月收1元4角8分5厘。1929年，明远公司为了扩大用户数量，经董事会复议，表灯每度电价减为银元2角2分，包灯25瓦，通夜每盏每月减为银元1元1角8分。②

与此同时，企业内部暴露的问题也越来越多。虽说实行的是股份制这一先进办法，但在公司管理上仍然沿用的是吴兴周熟悉的旧式店铺的管理模式。用人制度更为落后，采用的是家族保荐式，内部员工以吴兴周的同乡绩溪人以及六安、合肥的故旧为多。由于非亲即友，所以很多事情都只能睁一只眼闭一只眼。这种旧的管理模式，造成内部人事复杂，盘根错节，管理混乱，显然不能适应近代企业的发展要求。

同乡故旧这种家族式管理的好处是，在企业初创或遇到困难的时候，大家能够一条心，把企业办好。但是当企业走上正轨以后，这种管理模式的弊端就显现无遗，办事拖沓、在资金回笼问题上弄虚作假、欺上瞒下等各种情况屡见不鲜。这引起了吴兴周的极度不满。

为了打破家族企业的管理弊端，吴兴周采用洋人的先进管理经验，力革时弊。他想到上海新申电气公司的工程师姜忠浩，于是用优

① 郑又新谨述：《明远电厂四十年回忆与今后展望》，第1—2页，芜湖市档案馆馆藏资料。

② 赵更生主编：《芜湖供电志》，1989年，第145页，芜湖市档案馆图书资料。

惠的待遇将他请来，担任明远公司的技术主管。一开始，绩溪籍的员工抱成一团，处处为难姜忠浩，想把他排挤走。一年之后，在他的支持下，姜忠浩不仅在公司站住了脚，还负责了公司的管理大权。吴兴周每年正月初七“定事”，通过姜忠浩提供的员工的表现情况，公开表彰一些表现好的员工，对违反纪律的员工，不管他是亲戚、同乡还是朋友，都不留情面地予以辞退。姜忠浩的才干与威信由此得以显现。

针对日益增多的窃电、拒交电费行为，公司制定了新的措施，居民用电划片管理，由专人负责电费的收缴，员工待遇与收费业绩直接挂钩。同时登报宣传法律知识，重申国民政府《刑法》有关规定，将窃电按盗窃罪论处，处以五年以下有期徒刑或罚金500元，让民众明白窃电、拒交电费属于违法行为，要接受法律制裁。慢慢地，随着管理的日渐规范，社会上窃电、拒交电费的现象大大减少，资金回笼率也越来越高。[①]

① 周金富、毓洪：《百年明远的故事》，《芜湖日报》2006年11月25日。

第五章　稳定发展结硕果

吴兴周等一批爱国商人，看好电力工业的美好前景，不断增加投资，改善电力生产输送环境，扩大供电用电规模。面对创业征途中遇到的困难，他们坚韧不拔，忍辱负重，砥砺前行。然而，在日本帝国主义侵占芜湖期间，明远公司被掠夺，遭受了历史上最重大的一次浩劫。

第一节　升级换代

为摆脱困境，经吴兴周提议，股东会议讨论决定进行第三次投资，对供电环境、线路安全方面进行升级换代。后来，经明远公司与电话局协商，共同进行改良，并于1929年开始整修线路。凡经热闹街道，改设地下电缆，其余仍用架空线。电缆线一律用三芯铠装铅包纸绝缘6.6千伏电缆，架空线一律用铜线，部分线路段的导线外包一层纱，涂以化学涂料，名为“风雨线”。架空线路的电杆有圆木杆、方木杆、水泥杆、铁塔等4种。线路转角处均用水泥杆，重要地段用铁塔转角。狭窄街道因不便做电杆拉线，采用水泥杆，繁华街道用带水泥墩的方木杆。1932年，线路改造完毕。配电电压，除通向1、2号配电站和发电机的水泵房仍保留2.3千伏外，其余均升压至6.6千伏运行。[①]据郑又新老人回忆：电话干线择要改用架空电缆交叉点，（电）

① 赵更生主编：《芜湖供电志》，1989年，第63页，芜湖市档案馆图书资料。

话线低于（路）灯线，危险性减至极微。改良之后，从1934年夏开始，日夜供电，直至1948—1949年间，暴风肆虐，大水为灾，到现在（指1952年5月）为止，均无触电毙命情事。①

1929年，明远公司在彻底整修配电线路的同时，兴建配电站14座。配电站为室内式，占地面积最大为26.98平方米，最小为20.10平方米，房屋为砖结构。除2号配电站系平顶混凝土结构外，其余各配电站均为斜面波浪形白铁顶。屋高5.8—7米，各配电站变压器的主线圈侧，装有自动开关，以时限过载器控制。副线圈侧，分路装有自动开关。站内装有避雷器，以防雷击。城区路灯也设自动时间开关于站内。②（图5-1）城内电网形成环形线路，任何一处配电站发生了故障，都可由另一线路及时供电。经过扩建增容后，明远公司的供电能力得到大大提升。

图5-1　明远公司配电站

明远公司又增购1900千伏安西门子汽轮发电机1台（合1520千瓦），英国拨伯葛6吨/时锅炉2台，在德国专家指点下安装，总容量为2160千瓦，于1932年秋启用发电供应。安装升压变压器2台，每台容

① 郑又新谨述：《明远电厂四十年回忆与今后展望》，第2页，芜湖市档案馆馆藏资料。

② 赵更生主编：《芜湖供电志》，1989年，第65页，芜湖市档案馆图书资料。

量为1000千伏安，系三相油浸自冷式，2.3/6.6千伏。变压器与两侧母线用铠装三相铜芯电缆连接，母线均为铜质汇流排。2.3千伏母线室为单母线布置，6.6千伏母线室为双母线布置。进出线用3只单相刀闸和油开关控制，均为手动操作结构。[①]至此，明远公司的实力已位居全省之首。时人评价：兴周雄心之壮，魄力之大，常人难以比量。

但好景不长，1931年长江流域发大水，造成年久失修的供电线路经常漏电。电费无法收取，公司损失8万元左右，遂决定提高电价，表灯每度电价增加3分，包灯每盏增加2角，马达（即电动机）电价面议。[②]由于提高电价，遭到社会不满。1931年8月25日，在芜湖山陕会馆门前，有四人触电死亡。此事掀起了轩然大波，商户、居民对电的抵触情绪更加强烈，对吴兴周的用电劝说加以拒绝，有的居民甚至大打出手，社会舆论也责备吴兴周，批评电厂出现的触电死亡事故。高额的经济赔偿导致明远公司的经济负担极大。

1933年7月3日，经国民党市政建设委员会换发给民字第173号电业执照，核准营业。至此，供电形势才有所好转。[③]同年，吴兴周带领管理人员赴上海、杭州电厂取经。

1933年，明远公司新订《营业章程》规定，凡在该公司营业区域内用电者，须先至登记处登记缴费，或由该公司特约的电料店代报亦可。其屋内的电气装置由用户自费，向各特约电料店接洽承装。竣工报该公司技术处，经派员工检验合格，即可接电。《章程》还规定，用户接电需交纳电表保证金、用电保证金和接电金，不同容量电表有不同的用电底度，用户月用电量不满规定底度，照底度收费。这项规定公布后，立即遭到用户吴礼章等登报反对，并向县政府和公安局请

① 芜湖市地方志编纂委员会编：《芜湖市志》（下册），社会科学文献出版社1995年版，第232页。

② 赵更生主编：《芜湖供电志》，1989年，第145页，芜湖市档案馆图书资料。

③ 胡毓骅：《徽商吴兴周和芜湖明远公司》，《徽州社会科学》2013年第12期。

愿，抵制这项《章程》执行。县政府、公安局召开双方会议，最后决定：一、电灯底度照原定底度减少2度；二、用户接电不取工资，材料由用户付费，酒资听给；三、用户新装电表，如认为安培数过大，可请该公司换小表。此事相持近一年，1934年才强制执行此项规定。[①]

1933年的《营业章程》规定，立案电价，表灯每度2角2分。中间曾因煤价暴涨，每度收费2角3分5厘，但不久又自动减为2角2分。到1934年，电价改为每度2角1分，包灯25瓦，每盏每月1.8元，每月用电500度以上另订契约。[②]

1934年夏，八零零开唯爱电机和一九二零开唯爱电机两机轮流运转，实行日夜送电。选择市中心区及纱厂、面粉厂、碾米厂、火柴厂附近地点建造较大电站，以便利电力用户，并一律改装电表。[③]

经过营业整顿，1934年之后，全市实行按表计量、按度付费的办法。电表计量又分高压、低压两种，计量点设在用户。

公司实行24小时持续供电，这也是经营比较红火的时期。但长期借债埋下的潜在危险暴露了。在此过程中，建设虽告完备，债台又复高筑。

第二节　抵押借款

明远公司创办时，招集股本漕平二七银12万两，每股银10两。后5次续招新股，增加资金，到1934年，明远公司股本金达法币69.4万

① 芜湖市地方志编纂委员会编：《芜湖市志》(下册)，社会科学文献出版社1995年版，第262—263页。

② 赵更生主编：《芜湖供电志》，1989年，第145—146页，芜湖市档案馆图书资料。

③ 《明远概况》，第4—5页，芜湖市档案馆馆藏资料。

元，固定资产为法币167万元。[1]然而由于屡增设备，导致公司资金紧张，尤其是德国西门子洋行15万元的借款即将到期，如若不能按期归还，明远公司就将被西门子公司吞并。

万般无奈之下，1934年5月23日下午，明远公司召开临时股东会，到会股东75人，股权16373股（超过股权总数三分之二）。会议由时任董事长陶玉堂主持，主要讨论增招新股以偿旧债之事。吴兴周在会上介绍了他亲赴南京、上海等地招募新股的经过，并拿出了京沪有关方面拟定的招股办法，供大家讨论。出席会议的股东认为：因负债而增加新股，会与老股东的权利发生冲突。目前公司虽然有困难，但是除了增招新股之外，就没有其他解决办法了吗？后经股东会表决，否决了增招新股的动议。但问题总要解决的，有股东提出，既然“增招新股”的办法不能实行，总要有一个解决办法。又有股东提议，采用“借轻息之款，偿重息之急债”。这一提议得到大家赞同。后有某股东推荐可向某方借款，以还急债。经股东公议，均表示赞同，并公推吴兴周与某股东一道前往，办理借款之事。[2]

后经董事会研究决定，同意吴兴周以公司产权与营业权为抵押，与上海联合银团（由上海乾一企业银公司、中华劝工银行、浙江兴业银行组成——编者注）订立借款合同，偿还德国西门子公司。同年6月，上海联合银团委托上海乾一企业银公司技术协作委员会（下称“技术协会”）办理一切整顿改良事宜，改聘李彦士为总经理。该技术协会又委请全国民营电气事业联合会事务所代为整理。该所派主任工程师沈嗣芳、主任会计师于怀仁，随同李彦士来芜接办明远公司，开始分别整理。对科长一级人员全部更换，一般职员部分更换，生产骨干从浙江湖州电气公司配套带来，加强管理和技术力量。调整组织系统，改4科为3科，制定各种《办事细则》。辞退原“老管”（总工

① 赵更生主编：《芜湖供电志》，1989年，第247页，芜湖市档案馆图书资料。

② 《芜湖明远电气股份有限公司临时股东会决议录》，芜湖市档案馆馆藏资料。

头），将机务和电务指挥权从工头手中收回，改由工程师统一指挥，使生产技术正规化。整顿财务，改老式记账法为复式簿记，加强材料管理，规定材料购置、收发手续，编号存放管理，改变以前自由采购、取用的混乱现象。整理发、供电设备，开放白天用电，扩大业务，发展工业用电。合理调整机组运行方式，使发电机经济运行。采用技术和管理措施，使煤耗降低31%左右，每月节省煤费5000元左右。整理路灯，校验表计，查窃电，减少电力损失。整顿3个月，生产技术和营业、财务状况得到好转，公司逐步扭亏为盈，化解了倒闭危机。①

另一种说法是：1934年，为明远筹款的吴兴周在安庆中风，抬回芜湖后，已经无法说话的他，以公司的行政和人事权为条件，向上海联合银团借款15万元，偿还德国西门子洋行的借款。由李彦士接任明远公司总经理，而吴兴周离开了明远。瘫痪在床的吴兴周，此时只有一个念头，就是保住明远。②

李彦士接任后，公司迅速组织扩大生产规模。随后，明远公司向社会发放募股通知。股票内容为：

> 本公司于前清光绪三十四年遵章立案，招集股本漕平二七银十二万两；宣统二年，增加股本六万两；民国九年，增加股本十七万两，总计漕平二七银三十五万两。十二年四月，经股东会议决，改为国币五十万元，分为二万股，每股二十五元。曾呈奉主管部会核准注册，颁发营业执照，并根据股东会议决案，呈准续招二万股，计增加新股五十万元，合共股额国币一百万元。俟收足时，补行增资注册。……

① 赵更生主编：《芜湖供电志》，1989年，第216—217页，芜湖市档案馆图书资料。

② 周金富、毓洪：《百年明远的故事》，《芜湖日报》2006年11月25日。

董事：陶玉堂、李彦士、刘泮桥、吴兴周、黄函中、龚纶甫、周协恭、胡应莲、黄梦飞

中华民国二十四年乙月乙日给（图5–2）

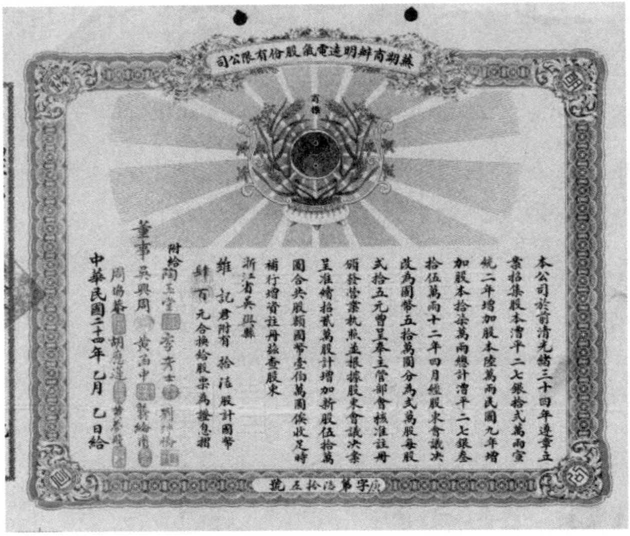
蕪湖商辦明遠電氣股份有限公司

本公司於前清光緒三十四年遵章立
案招集股本漕平二七銀拾弍萬兩宣
統二年增加股本陸萬兩民國九年增
加股本拾柒萬兩總計漕平二七銀叁
拾伍萬兩十二年四月經股東會議決
改為國幣五拾萬圓分為弍萬股每股
弍拾五元曾呈奉主管部會核准註冊
領發營業執照並據股東會議決案
呈准續招貳萬股計增加新股伍拾萬
圓合共股額國幣壹佰萬圓俟收足時
補行增資註冊茲查股東
浙江省吳興縣
維 記 君附有 拾 陸 股計國幣
肆百 元合換給股票為據息摺
附給 陶玉堂 李彥士 劉泮橋
董事 吳興周 黃函中 龔綸甫
周協恭 胡應蓮 黃夢飛
中華民國二十四年 乙月 乙日給

庚字第陸拾五號

图5–2　1935年明远公司股票

李彦士负责全厂生产经营管理工作，并定期向董事会和股东大会汇报财务收支状况和有关重大问题。组织机构方面采用了一些新式企业的管理体制。总经理室下设秘书室和工务、营业、总务三个课。秘书室内设人事、文书两个股。工务课内设机务、电务、稽查三个股。营业课内设用户、登记、抄表、收费四个股。总务课内设材料、会计、庶务三个股。生产和财务上有关重大事宜，分别由总工程师殷元章和会计师于怀仁处理。对外与银行和各大用户（如裕中纱厂等）搞好往来关系，便于随时调动资金。对内用提高工人工资、增加各种补贴、修建工房等方法讨好职工，避免劳资纠纷。①

这次整理过后，到1936年，芜湖城区高压配电线路达17.8公里，

① 《光明到永远——纪念芜湖电力100周年》，第10页，芜湖市档案馆图书资料。

有电杆378根，其中铁塔18基，水泥杆360根。[①]明远公司有21台配电变压器对城区供电，容量为3550千伏安。[②]由于增加了益新面粉厂等动力用户，到1936年，用电负荷高达1575千瓦，售电量达463.1万度，其中工业用电占比由1934年的9.5%上升到22.1%。[③]

在这次整理过程中，因发电机频率不尽一致，将2台125千瓦发电机卖出，发电机总容量减少为2160千瓦。

经理李彦士在《整理芜湖明远电气公司之经过及近况》一文中，为明远公司留下了许多宝贵的历史评价和数据，如“当时长江流域电厂，为华人自办者，镇江最早，次即芜湖电厂”；明远公司成立时有蒸汽引擎2座，每座220匹（马力），配有发电机165千瓦（图5-3、5-4），为后人研究明远公司提供了方便。

图5-3　明远公司发电机组

图5-4　明远公司发电机

应该讲，吴兴周对这次整顿还是满意的，明远的牌子保住了，并且还有新的发展。但在他心头，压力还是很大的，毕竟还有很多借款没还。

为了尽快摆脱困境，着眼于未来的发展，一直在商界奋斗的吴兴

① 赵更生主编：《芜湖供电志》，1989年，第63页，芜湖市档案馆图书资料。

② 赵更生主编：《芜湖供电志》，1989年，第65页，芜湖市档案馆图书资料。

③ 赵更生主编：《芜湖供电志》，1989年，第128、132页，芜湖市档案馆图书资料。

周深感需要得到政界的支持，于是他力邀绩溪老乡、国民党上层人士黄梦飞加入明远董事会。

黄梦飞长期活动于国民党上层，1936年参加竞选获胜，当选“国大代表”。这种来自政界且活动能力强的人正是商人吴兴周的首选。1936年，黄梦飞应吴兴周之邀加入明远公司股东会议，共商对策，帮助吴兴周渡过难关，深得吴兴周的信任。①

在明远后来的发展过程中，黄梦飞确实发挥了重大的作用。抗战胜利后，靠着他与国民党上层的关系，极力争取，终将明远公司产权索回。解放以后，黄梦飞回到南京，暂住在妻弟家中，并和柯庆施同志取得联系。不久，芜湖市市长江靖宇亲自来南京看望黄梦飞，希望他回去担任芜湖明远电气公司的董事长，尽快增加发电量，以促进当地工业的发展。黄梦飞看到江市长很诚恳，就欣然接受，举家迁往芜湖。②

第三节　明远沦陷

正当明远公司一步步走向好转的时候，1937年7月7日，卢沟桥事变爆发，蓄谋已久的日军大肆增兵进犯中原。同年12月10日，日寇占领芜湖，明远公司遭受灭顶之灾。据解放前明远老员工杨启元老人回忆：

> 1937年冬，日本军队由浙江乍浦登陆，从广德向芜湖方向开进。当时，“明远”上下，惊恐万状。大多数员工四处逃难，而我的家乡已经沦陷，回家不能；而大后方汉口、重庆又无亲友，所

① 芜湖市地方志编纂委员会编：《芜湖市志》（上册），社会科学文献出版社1993年版，第852页。

② 纪尧：《三代“议员”百年记》，《江淮文史》2017年第1期。

以投亲无望。出于无奈，便留守芜湖。当时明远公司滞留人员有30至40人，从报纸上看到日本军队很是残暴，大家心情异常焦急，便商讨大敌当头，我们该如何生存？有人提议：找一个地方暂时躲避一下。大家不约而同地想到了弋矶山医院。因弋矶山医院是美国教会创办的医院，是美国资产，并已有美国海军陆战队守护。当时太平洋战争尚未爆发，日本还不敢公开向美国示恶，二国还保持着正常关系。于是我们派人与院方取得联系，结果医院同意收留，并提供一个小二楼宿舍安置我们（该楼位于现医院大门到上山住院部的斜坡中部的路边，现址仍在——编者修正）。

他还回忆：

日军进入芜湖后，大街上已看不到中国人，全跑光了。我们站在弋矶山（山）顶上，远远看到城区大火连天，此起彼伏。此后，夜晚全城一片黑暗，只有郊外（的）弋矶山医院灯火尚明。当时弋矶山医院自备柴油发电，功率约40千瓦。这期间，我们明远员工也主动帮助院方维护电力设施。黑灯瞎火对日军的“统治”相当不便，没过几天，他们便向医院提出接电要求。可是医院发电机功率较小，无法实现日军的要求。后医院提出：目前有部分电厂的员工在院内避难，如能保障他们（的）人身安全和生活问题，可以通过商谈让他们回到工厂恢复市区供电。这样双方通过协商，达成一致，于是电厂避难人员分二批下山，回厂使机器重新运转起来。供电主要是晚上。下班后，我们又回到弋矶山医院休息。我们在弋矶山医院避难，前后大约一个星期。但家属和小部分人员可能住了个把月。①

①《光明到永远——纪念芜湖电力100周年》，第25—26页，芜湖市档案馆图书资料。

打着所谓"亲善"旗号的日伪串通一气，他们并没有放过病中的吴兴周，需要这位实业家为他们支撑门面，多次邀请吴兴周参与日伪董事会，出任董事长一职。吴兴周早就看透了侵略者的强盗嘴脸，誓不与汉奸为伍。他以身体不支为由，断然拒绝。芜湖，作为他事业有成的地方，再也不是久留之地，无奈拖着病体携眷属落根故里，一腔悲愤归故园，电灯大王空落幕。至此，他无限怀念和伤感地结束了这段有苦有乐跌跌撞撞的人生。

日本人对明远公司的设备过度使用，只用不养，只损不修，造成其中一台1520千瓦汽轮机叶片折断。之后，日方干脆砍掉整道叶片，将汽轮机出力降到1000千瓦继续运行。当时，每天只开一台机器，发电8小时（16时至24时）。①

到了1939年左右，日本人为给在赭山的日军宪兵司令部、铁山日军军官宿舍、日本商人洋行提供服务，在太古码头附近建筑水池及马达间，开办了自来水厂，办公地址仍设在明远电气公司内。为达到长期经济侵略的目的，他们将明远电气公司改名为华中水电株式会社芜湖营业所（华中水电株式会社总公司设在上海），日本人吉田茂雄任所长，进一步掠夺中国财富。

为了控制芜湖城区供电，同时以收保证金的名义搜刮市民财产，华中水电公司别出心裁，重新制定《芜湖地区供电规则》，其中规定：凡需用电者，均要填写用电申请书，连同保证金送公司营业处。用户电器安装，须由本公司或本公司认可的电力工程店铺承担，费用由用户自付。安装完毕，经本公司检查合格，再装设进户线，开始供电。②

电费经常是毫无理由地涨价。1939年，华中水电公司重新制定的

① 《光明到永远——纪念芜湖电力100周年》，第11页，芜湖市档案馆图书资料。

② 赵更生主编：《芜湖供电志》，1989年，第138页，芜湖市档案馆图书资料。

芜湖地区电价标准为：电灯为每月用电量500度以下者，每度21钱（“钱”为日币单位）；500—1000度者，每度18钱；1000度以上者，每度16钱。电力为1马力，每月用电量100度以下者，每度8钱；100—200度者，每度6钱；200度以上者，每度5钱。电热为1千瓦，每月用电量500度以下者，每度6.5钱；500度以上者，每度5.5钱。到了1940年，在没有任何理由的情况下，电费又一次调高。电灯为每月用电量500度以下者，每度27钱；500—1000度者，每度25钱；1000度以上者，每度22钱。电力为1马力，每月用电量100度以下者，每度12钱；100—200度者，每度9钱；200度以上者，每度7钱。电热为1千瓦，每月用电量1000度以下者，每度12钱；1000度以上者，每度10钱。[1]增额幅度之高，令人咋舌。

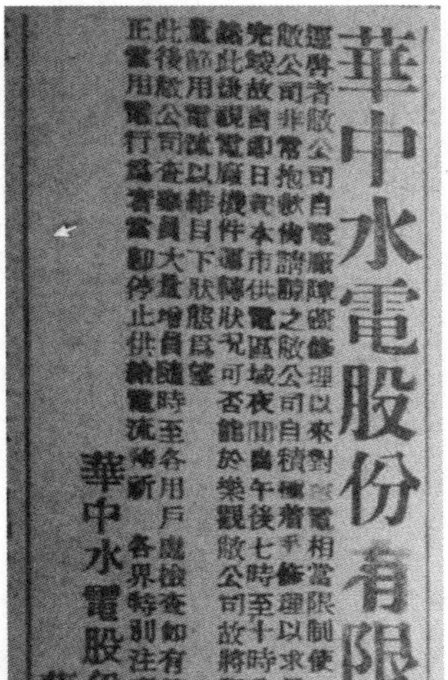
華中水電股份有限公司啟事
逕啟者敝公司自電廠障礙修理以來對送電相當限制使貴用戶單位不得自由使用電流
敝公司非常抱歉尚請諒之敝公司自積極着手修理以求早日恢復送電目下大體工程已告
完竣故自即日起本市供電區域夜間自午後七時至十時全部送電特此通告
然此後電廠機件運轉狀況可否能於樂觀敝公司故將限度量更於改低尚請各位用戶鑑
諒節用電流以維目下狀態為盼
此後敝公司當派員大量增員隨時至各用戶處檢查如有使用量超過限度量之用戶以及不
正當用電行為者當即停止供給電流希望各界特別注意是要
華中水電股份有限公司
蕪湖營業所謹啟

图5-5 华中水电股份有限公司启事

华中水电公司对芜湖城区供电的控制还可从以下启事中得到展现（图5-5）：

华中水电股份有限公司启事[2]

径启者，敝公司自电厂障碍修理以来，对送电相当限制，使贵用户单位不得自由使用电流，敝公司非常抱歉，尚请谅之。

敝公司自积极着手修理，以求早日恢复送电。目下大体工程已告完竣，故自即日起，本市供电区域夜间，自午后七时至十时全部送电，特此通告。

① 赵更生主编：《芜湖供电志》，1989年，第146页，芜湖市档案馆图书资料。
② 《芜湖新报》1944年9月13日，芜湖市档案馆馆藏资料。

然此后视电厂机件运转情况可否，能于乐观，敝公司故将限度量更于改低，尚请各位用户尽量节用电流，以维目下状态为佳。

此后敝公司查察员大量增员，随时至各用户处检查。如有使用量超过限度量之用户以及不正当用电行为者，当即停止供给电流，务祈各界特别注意是要。

华中水电股份有限公司芜湖营业所谨启

第六章　开拓经营放眼量

吴兴周在发展明远公司电力生产的同时，积极投资民族工商业，一方面满足他扩大电力供应的需求，另一方面也是实现他“实业救国”的伟大理想。客观上来讲，吴兴周的投资是芜湖近代工业发展的重要支柱，为芜湖的工商业发展留下了宝贵的财富。

第一节　拓展民族工商业新领域

东亚同文会稿本《安徽省志》刊载《芜湖之工业》一文，叙述1919年芜湖工业情况：芜湖自通商以来，历时四十余年，而市况之发展极迟缓，建设事业举不足观。尤以工业方面了无记述之价值。今勉强就所称工业者，仅一电灯公司、一面粉厂、四机器碾米厂而已。[①]

诚如毛泽东在《中国革命和中国共产党》一文中所言：“到了二十年前（1919年——编者注），即第一次帝国主义世界大战的时期，由于欧美帝国主义国家忙于战争，暂时放松了对于中国的压迫，中国的民族工业，主要是纺织业和面粉业，又得到了进一步的发展。”[②]

芜湖的面粉业本就有基础，纺织工业则因为裕中纱厂的建成投产，增强了芜湖地方民族工业的基础。

由于吴兴周开创了工业用电的新模式，明远公司的效益明显好了

① 芜湖市地方志办公室编：《芜湖工业百年》，黄山书社2008年版，第84页。

② 毛泽东：《毛泽东选集》第二卷，人民出版社1991年版，第627页。

起来。工业用电所带来的启示，使吴兴周明白，若要电卖得好，必须加速发展民族工业。因此，他除了加大对裕中纱厂等一些大中型企业供电的保障力度之外，还动用明远公司的利润，以及自己的积蓄，积极拓展投资新领域，在芜湖投资或参与投资了一批民族工商企业。但由于日本帝国主义的侵略，加上国民政府对民族工业的淡漠态度，导致洋货横行，芜湖的民族工商业受到严重挤压，吴兴周所投资或参与投资的民族工商企业不得不走上倒闭和出售的地步。

从芜湖市档案馆馆藏资料来看，吴兴周及明远公司参股投资的民族工商企业主要有恒升机器厂、大昌火柴厂、同庆楼、恒升里房地产公司、长途汽车公司、安徽地方银行等，其中恒升机器厂、大昌火柴厂、同庆楼在芜湖解放以后，获得了新生，在芜湖的社会主义建设中焕发了青春。

第二节　吴兴周投资企业实例

一、恒升机器厂

1919年，吴兴周倡议集资，在吉和街161号创办恒升机器厂，于1920年4月10日开工。其除从事修配零星配件外，还能制造16—20马力的小型引擎（发动机）和切面机，兼修木、铁质船舶。据1923年芜湖县商会的调查，就有吉和街“恒升机器厂”等10余个厂家，均以修理木质小客轮为主。①

据芜湖市档案馆馆藏资料记载：1933年，恒升机器厂厂长为姜忠浩，资本总数已达6000元，拥有9马力柴油引擎一座，车床、刨床、钻床、螺丝床计5部，员工58人，其中职员3人、工人33人、学徒

① 芜湖市地方志编纂委员会编：《芜湖市志》（下册），社会科学文献出版社1995年版，第465页。

22人。[①]

据《芜湖机械工业史》介绍：恒升机器厂自1933年开始生产卧式单缸12—36马力柴油机、立式单缸12马力柴油机、碾米机、榨油机、抽水泵、船用蒸汽机，兼修各种机械零件。[②]1935年，该厂卖给同昌翻砂厂老板肖恒华，厂址仍在吉和街161号，厂房面积2000平方米，资产75000元，有车床23部，刨床2部，钻床4部，职工120多人。[③]

1937年12月，芜湖沦陷，恒升机器厂先是遭到日军轰炸，接着又被日军侵占。抗战胜利后，恒升机器厂被国民党政府接收。[④]

1951年，私营恒升机器厂与经昌机器厂、顺昌铁工厂联营，成立“芜湖市第一合营铁工厂”。1954年，经过社会主义改造，改名为“公私合营芜湖市第一铁工厂”。1956年，该厂从市中心区吉和街迁至禿矶山。

1958年，国家第一机械工业部在芜湖投资165万元，大力发展机床生产，第一铁工厂遂改名为“地方国营芜湖市红旗机床厂”。1961年，更名为“芜湖市红旗机床厂”，隶属安徽省机械工业厅，1966年，又改名为“芜湖机床厂”。1971年，国家机械工业部确定该厂生产重型机床，工厂进行扩建，并更名为“芜湖重型机床厂”。[⑤]

从1986年开始，芜湖重型机床厂进行了一系列的改革。2001年，芜湖市人民政府批准了芜湖重型机床厂“组建新体，处置土地，发展新体，整合母体”，分“三步走”的深化体制改革方案。其组建了

---

① 《民国二十二年恒升机器厂概况调查表》，芜湖市档案馆馆藏资料。

② 芜湖市经济委员会、芜湖市企业联合会编：《芜湖机械工业史》，第13页，芜湖市档案馆图书资料。

③ 芜湖市经济委员会、芜湖市企业联合会编：《芜湖机械工业史》，第14页，芜湖市档案馆图书资料。

④ 芜湖市地方志办公室编：《芜湖工业百年》，黄山书社2008年版，第51页。

⑤ 芜湖市地方志编纂委员会编：《芜湖市志》（下册），社会科学文献出版社1995年版，第431页。

“芜湖恒升机床股份有限公司”，出让秃矶山原厂区400亩土地，搬迁至芜湖县机械工业开发区（今新芜经济开发区），于2001年12月5日正式注册成立，从而成为一家生产工作母机的民营股份制产业。

恒升机床公司是中国机床工具协会铝镗床分会副理事长单位，中国机床工具协会重型机床分会常务理事单位，安徽省机床工具行业协会副理事长单位。2004年以来，先后被评为“芜湖市工业50强企业”“安徽省百强民营企业”。

二、大昌火柴厂①

1920年7月，由吴兴周发起，联系当时芜湖开明士绅濮秋澄、崔亮功、徐仕桐、张亮功、潘伯和、周协恭、郑又新等人，联络皖南镇守使马联甲、道尹祝从恩、芜湖县知事余谊密等人，共集资10万银元，组成大昌火柴股份有限公司董事会，创办大昌火柴厂。吴兴周任董事长兼总经理，徐仕桐任厂长，厂址选在芜湖东郊青弋江畔的大砻坊。聘请日本技师松岛主持建厂设计，产品牌名为“松老牌”安全火柴，设计生产能力为年产火柴2万件，每件为1440小盒。厂房及仓库建筑面积为2000平方米，砖木结构，建筑形式为庙宇式。车间矮小，空气阳光不足，工人劳动条件差。购置4台手摇式排梗机（俗称“大车”），3台卸梗机，1座刷磷台，这是工厂的主要设备，均系无动力操作，装盒、打包也都由工人手工操作。当时有职工230余人，当年底即试车生产。

1921年，大昌火柴厂正式开工生产。但是，由于经营管理不善、原材料供应不稳定、技术力量薄弱、设备维修保养不善等，导致年产量一直满足不了2万件的设计能力要求。后经多方组织原材料供应，

① 参见《芜湖火柴厂厂史（1920—1959）》，芜湖市档案馆图书资料；潘维浩：《芜湖火柴厂的创立和发展》，见中国人民政治协商会议安徽省委员会文史资料研究委员会编：《工商史迹》，安徽人民出版社1987年版，第90—92页；等等。

又增加6台排梗机，年产量一度达到2万件。但终因火柴质量不稳定，漏洞多，浪费大，加之“斯时火柴业供过于求，上海同业鉴于芜湖市为火柴集散地，销路广袤，不欲新厂抬头，不恤廉价竞争，百端牵制，遂使方在萌芽之大昌不得不停业传东嗣，由明记接办”[①]。到1926年，工厂经营亏损已达6万元，部分股东要求退股，一些财力较厚的股东不愿增资，工厂濒临停产。

当时的股东之一又兼任厂长的徐仕桐，千方百计另行集资，并改厂名为“大昌明记火柴厂”，得以继续生产。当时出产的火柴以赊销为主，导致大批生产资金不能如期回笼，惨淡经营约四年。到1931年，职工人数减少到170人左右，火柴年产量一直徘徊在1万件至1.3万件之间，依然亏损严重。徐仕桐感到无能为力，也无意继续维持。

1932年，吴兴周写信给在苏沪一带号称“火柴大王”的刘鸿生。（图6-1）刘鸿生得知芜湖大昌明记火柴厂即将停产的消息，认为接办该厂有利于减少同行业竞争对手，旋即派人与吴兴周、徐仕桐联系承租事宜。双方协商达成协议：由刘鸿生全部承租大昌明记火柴厂厂房及设备，投资生产经营，厂名和产品牌名均保持不变。刘鸿生接办大昌明记火柴厂后，在原有生产工人的安排上，保留了一部分技工和操作熟练的工人，辞退了一部分辅助工，另外又从上海、苏州调过来一部分工人，使全厂职工人数恢复到200人以上。刘鸿生接办大昌明记火柴厂前后约五年的时间，年产量始终保持在1万件的水平，实际上形成一种维持的局面。

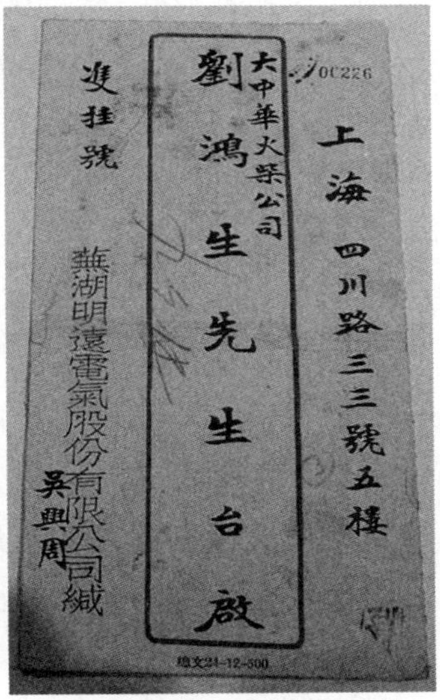

图6-1　吴兴周致刘鸿生信

1937年12月，芜湖沦陷后，日本人住

① 《本市明远电厂、火柴厂沿革概况》，第3页，芜湖市档案馆馆藏资料。

野松平、韩国人孔秋亭等人侵占了大昌明记火柴厂，更改厂名为“大昌和记火柴厂”。几年中，工人因不愿为日本人生产而陆续离厂，职工人数减少到100人左右，年产量下降到只有几千件。

1945年9月，抗日战争胜利后，大昌和记火柴厂被划为敌伪财产，由国民党安徽省政府建设厅接管，更改厂名为“安徽省芜湖火柴厂”，从而使该厂由敌伪资本转变为官僚资本。建设厅先后派秦耐寒、崔冬芳二人为驻厂专员，主管生产和经营。产品牌名改为“长江牌”安全火柴。由于国民党政府的经济政策不得人心，产量不断下降，工人的生活日益贫困，陆续离厂。到1949年解放前夕，只留下无处投奔的职工56人，生产陷于停顿状态。

1949年4月24日，芜湖解放，随即成立“中国人民解放军芜湖市军事管制委员会”，5月1日，指派张洪为军代表，接管了大昌火柴厂。大昌火柴厂从此结束了风雨飘摇的局面，迎来新生。

1953年至1957年间，国家投资兴建了新的火柴制造车间，基本上实现了半机械化生产。1978年后，全厂建筑面积比建厂初期扩大了24倍，比1957年扩大了3.6倍。[①]20世纪80年代成立的长江火柴集团，是一个跨省合作的长江沿岸火柴企业集团，芜湖火柴厂担任董事长厂（单位）。[②]从1986年开始，芜湖火柴厂进行了一系列企业改革，21世纪初，比照国家优化资本结构试点城市优惠政策的破产企业，退出市场。

三、同庆楼

吴兴周在芜湖开办明远电灯公司后，来芜湖的徽州人日渐增多。为了满足徽州人的就餐需求，吴兴周准备筹办一家徽州饭店。恰在此

① 芜湖市地方志编纂委员会编：《芜湖市志》（下册），社会科学文献出版社1995年版，第153页。

② 秦建平编撰：《芜湖制造》，2005年，第133页，芜湖市档案馆图书资料。

时，有人向吴兴周介绍在芜湖中二街状元坊巷口，有一家单门面的小面馆，建议将其扩建为徽菜馆，并邀请绩溪人程裕有前来担任经理。程裕有是绩溪西坑人，为人诚实，办事认真，掌握一套打切面的好手艺。他打切的面具有韧、柔、爽、滑的特点，吸引众多食客，特别是从徽州来到芜湖的宾客。吴兴周欣然聘请，两人一拍即合，将这个小面馆移至中二街三圣坊巷口对面的徽州公学（今柳春园小学）隔壁，更方便徽州人就餐。在吴兴周牵头集股投资后，程裕有扩大门面，将小面馆扩展成为徽菜馆。当时已有10个股东合伙投资，取名“同鑫楼”，取“共同发财兴盛”的意思，于1925年正式开张营业。后来，因程裕有的师傅在汉口开设一家名为“同庆楼”的菜馆，他便前去汉口取经，把汉口同庆楼的菜肴特色和经营理念带到芜湖，并商定菜馆也叫“同庆楼”。由此，“同鑫楼”便正式改名为“同庆楼”，取“共同欢庆”之意。[①]

抗日战争全面爆发后，芜湖沦陷，同庆楼股东纷纷内迁，该店只留程裕有一人掌办。他邀请来徽州同乡、同族、亲友入店，于1939年租赁徽州会馆坐落于中二街三圣坊147号的房屋开办同庆楼菜馆。1945年，他又向徽州会馆租下同庆楼后面的空地开办了徽州东园。抗战胜利后，程裕有在同乡程中一支持下，再次扩建店房、翻修门面，从后门接通环陶塘马路，开辟露天花园餐厅，辟地两亩，植以修竹垂柳，兴建10座环园凉亭，以黄山的天都、莲花、玉屏、蓬莱仙岛、梦笔生花、始信等诸峰命名，居中为黄山厅，可设席10桌。由于花园餐厅滨陶塘（今镜湖），于此就餐者可远眺赭山秀色、近观陶塘风光，故得以吸引众多食客，素为社会名流和文人雅士所钟爱。

1949年4月，芜湖解放。1950年底，程裕有离开芜湖，同庆楼餐馆面临倒闭歇业。接着，芜湖市公安局接管了同庆楼，工人集资，改

---

① 芜湖市地方志编纂委员会编：《徽商与芜湖》，黄山书社2013年版，第143页。

店名为“芜湖同庆楼”，重新开业。1951年，因为建市文化馆和柳春园小学，需要占用同庆楼用地，同庆楼被迁址到中山路三街路口花席店门面继续经营。1956年，同庆楼实行公私合营，后来又转为国营，其经营规模和营业面积在全市餐饮行业中都是最大的。

1999年，国家贸易部认证“同庆楼”为“中华老字号”，当时芜湖仅此一家，全国餐饮行业也仅有56家获得此殊荣。2000年，同庆楼在实行产权制度改革，企业与职工解除劳动关系后歇业。2004年3月，马鞍山梦都餐饮公司以27.3万元竞买下“同庆楼”商标冠名权，并组建安徽同庆楼餐饮集团。2006年9月，同庆楼被国家商务部公布为第一批“中华老字号”。目前，在合肥、芜湖等城市已开设多家“同庆楼”菜馆。①

四、恒升里房地产公司

恒升里房地产公司成立于何时、结束于何时没有档案记载。据芜湖市档案馆馆藏资料记载：抗战期间，该公司位于中江路石头路口的房产被敌中支航运会占用。抗战胜利后，吴兴周之子吴名骏（吴子壮）提出收回房产的申请，经中央信托局苏浙皖区敌伪产业清理处1947年11月18日沪理财专字第二三七〇七号代电同意返还。②由于该房产当时被国营招商局芜湖分局占用，故有关方面建议招商局方面与吴名骏协商处理租赁事项。（图6-2）芜湖解放后，该处房产由原房产代理人出面办理登记，为招商村1—23号，共50间房屋，后被芜湖港务局租用。芜湖港务局于1954年提出购买此处房产。经芜湖市人民政府地政科审查，由于原产权人分处台湾、上海及芜湖，无法集中处理产权，因此不同意芜湖港务局购买，仍建议芜湖港务局与代理人商量

① 鸡毛山人：《电灯大王吴兴周与中华老字号同庆楼》，《大江晚报》2010年11月21日。

② 《吴名骏申请发还恒升里中支航运会房地产业》，芜湖市档案馆馆藏资料。

租用事项。

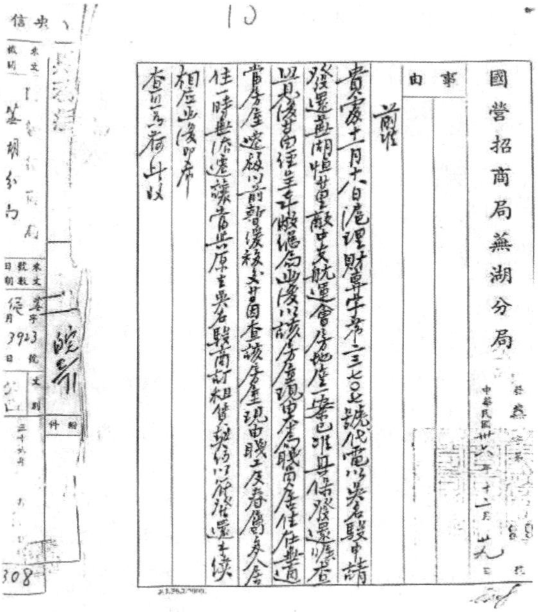
國營招商局蕪湖分局

事由

图6-2　国营招商局芜湖分局给恒升里房地产公司的公函

五、长途汽车公司

芜宁路（国道），史称京芜公路。该路起自市区新市口（后移邢家山），经当涂、采石、马鞍山、慈湖至南京中华门，全长96公里。全线分东西两段，由江苏省和安徽省分别建筑施工。安徽省修筑的是芜湖至慈湖54公里。

1928年，民国政府动议筑路。翌年5月8日，安徽省建设厅成立西段施工事务所，招商承建，先筑芜湖至当涂30公里（基本是沿清代芜湖县驿至当涂县驿的古驿道走向建筑）。1930年2月19日，竣工通车。安徽省公路管理局配有路警，维护道路、车辆秩序。1932年4月，继筑当涂至慈湖24公里。皖境路基宽8米，泥结碎石路面宽3米。由安徽省建设厅发行筑路公债，筹资263370元。翌年6月24日建成，在南京雨花台举行全线通车典礼。[①]1933年，吴兴周在芜湖二街开办长途汽车公司，承租京芜公路西段（芜湖至慈湖）行车路权，以汽车12辆，经营芜湖至当涂、南京客运，沿线设站点20个。[②]

抗日战争全面爆发后，民国政府指令驻军毁路，公路全线停运，长途汽车公司随之倒闭。

六、安徽地方银行

1935年，安徽省筹设安徽地方银行，规定资本额200万元。1936年1月16日，其总行于芜湖长街徽州会馆正式成立，实收资本100万元，首任行长程振基，吴兴周等出任副行长。该行设董事会、监察会，实行行长负责制，总行下设各地分支行。1936年4月，设经济研究室，先后聘任王世颖、沙千里、骆耕漠等经济金融专家为研究员，指导皖省经济金融建设。该行在全省各地设立机构网点，安庆、蚌埠、屯溪均设立分行，至抗战全面爆发，在全省先后设立总分行办事处53个，构成地方金融网络，为皖省银行业中第一大行。

1937年8月，总行改为总管理处，机关撤至安庆，后又撤到六安、金寨，设驻屯溪临时办事处，办理皖南国统区的金融业务。全面抗战八年，皖北以金寨为行务中心，皖南以屯溪为业务中心，分区管理。

抗战胜利后，安徽地方银行芜湖分行于1945年11月15日返芜复业。次年11月，安徽地方银行更名为安徽省银行。1948年12月迁芜湖，于芜湖成立安徽省银行办公处。芜湖解放时，安徽省银行清理结

---

① 芜湖市地方志编纂委员会编：《芜湖市志》（下册），社会科学文献出版社1995年版，第535页。

② 芜湖市地方志编纂委员会编：《芜湖市志》（下册），社会科学文献出版社1995年版，第574页。

束，并向军管会办理移交手续。[①]

据《芜湖市志》《镜湖区志》《绩溪县志》《芜湖供电志》等记载：吴兴周还投资或参与投资创办了恒茂五金号、生生延记电镀厂、国货公司、天香斋食品商店等民族工商企业，并独资创办电话局。

① 芜湖市地方志编纂委员会编：《芜湖市志》（下册），社会科学文献出版社1995年版，第914页；芜湖市金融志编纂委员会编：《芜湖市金融志》，黄山书社1999年版，第111—113页。

第七章　执掌商会见韬略

吴兴周是芜湖商会的重要领导，他在辅佐汤善福和主持商会期间，曾与中共芜湖地方组织有联系，并在党的指示下进行了抵制军阀、抵制日货的斗争。同时，他任职期间主持修建长街等，为芜湖人民谋福祉，作出了重要的贡献。

第一节　芜湖商会

芜湖是成立商会较早的城市。芜湖商埠历史悠久，清朝末期，十里长街，驰名遐迩，商业繁盛，甲于江左。1876年，芜湖被辟为对外通商口岸，洋货侵夺之害，甚于他县。1882年，镇江米市移芜，芜湖成为全国四大米市之首，促进了工商业的发展，商贾云集，盛极一时。但工商界所受的封建统治压迫日重，帝国主义经济侵略日剧，苛捐杂税，负担极重。为了维护工商界自身利益，于1905年由“十三帮”商董共同筹建芜湖商务总会，次年农历七月正式成立。“十三帮”是指广肇公所、潮州会馆（这两家均系米粮采运业）、砻坊公所、米业公所、钱业公所、布业公所、杂货公所、木业公所、典当公所、药业公所、糟酱公所、茶业公所、烟业公所。芜湖商务总会成立，开全省风气之先，在这之后，特别是在辛亥革命之后，全省各县商会始陆续成立。[①]

芜湖商务总会正式成立后，择花津桥广仁局善堂为会址（原市工商联办公楼）（图7–1），当时只有十三帮所属商户注册入会，由各帮开会推举商会董事，组成董事会，选举总理、协理各一人，主持会务。总理之下设坐办一人（同秘书长），文牍、账房、庶务、收捐员、什役若干人。第一任商会总理李仲洁，系李鸿章之侄，二品衔，招商局芜湖分局经理，并开设钱庄、典当和砻坊，位高望重，受到县府、商界的尊重。

图7–1　芜湖商务总会

芜湖商会名称有几次变革，1906年成立时，称芜湖商务总会。1915年改称芜湖总商会，仍为董事制，改设会长、副会长各一人。1930年，名称仍旧，改委员制，设主席、副主席各一人，委员若干人，常委三至五人。1937年仍为委员制，改设会长、副会长各一人。1945年改称芜湖县商会。1949年芜湖解放后，芜湖县商会由芜湖市工商联接收。[②]

芜湖商会成立以后，主要会务活动有协调税收和摊派捐款，办理

① 许知为：《解放前的芜湖商会》，方兆本主编：《安徽文史资料全书（芜湖卷）》，安徽人民出版社2007年版，第383页。

② 许知为：《解放前的芜湖商会》，方兆本主编：《安徽文史资料全书（芜湖卷）》，安徽人民出版社2007年版，第383页。

开歇业登记和收取会费，并领导芜湖工商界在地方公益事业作出诸多努力。主要有：1906年，投资赞助修筑安徽铁路；1907年，修建被大水冲毁的利涉桥，沟通青弋江两岸，造福人民；1912年，成立武装商团，弥补地方警力不足，维护市场秩序，保护商民财产安全；1913年，创办私立乙种商业职业学校，招收商家子弟入学，为会员户培养商业人才；创办万安救火会，救火会下设专业消防队，各大同业公会组织义务消防队。此外，芜湖商会在赈灾济贫、调解纠纷方面做了大量工作。如1909年，明远公司开始向长街、大马路商户送照明电，每度2角2分。商家以电费太贵为由，发起抵制，拒交电费。而明远公司亦以断电相挟，双方僵持不下。商会及时出面调解，劝导双方都作了让步，纠纷平息。①

芜湖商会还注意联络省内其他地区的商会，加强与国内商会尤其是上海总商会的联系，并力图发展国际关系。1926年5月15日，由上海总商会会长虞洽卿为团长的中国实业代表团访日。代表团里半数以上的实业家出自上海，另有无锡、浙江、北平、汉口、芜湖、蚌埠等地商会代表。代表团的两大任务：一是以国民外交之手腕，唤醒日本商民请愿该政府，从根本上撤废中日障碍“二十一条”等不平等条约，早日归还我旅顺、大连。二是谋求中日商会合作，共同处理中日贸易纠纷，撤销苛税，争取贸易平等。虞洽卿代表中国民族资产阶级在日期间上驳政府，下达民情，一路奔走呼号，维护国家民族利益，但收效甚微。中国代表团气愤而归。②

---

① 许知为：《解放前的芜湖商会》，方兆本主编：《安徽文史资料全书（芜湖卷）》，安徽人民出版社2007年版，第386页。

② 吕木林：《虞洽卿率团赴日争主权》，《炎黄春秋》2016年第9期。

第二节　吴兴周主持商会

1919年6月，芜湖总商会遭遇了历史上最严重的危机。当时芜湖商界开始抵制日货的行动，因遭到总商会会长汤善福、副会长邵侃如激烈反对，一时难以实行。同时，汤善福、邵侃如还将外地寄来的抵制日货宣传品私下扣押，秘而不宣，并乘此机会，向布杂洋货商人进口日本糖九千余包、日本布一千余件，以图暴利。6月8日，芜湖罢市风潮发生后，汤善福、邵侃如不仅没有挺身维护芜湖商家的利益，反而协同官府压制举行罢市的商人，以致激起公愤。芜湖许多商店纷纷登报，宣布脱离芜湖总商会，到6月中旬已达二百五十余家，并表示不达到推翻正、副会长的目的决不停止。6月17日，汤善福、邵侃如被迫辞职。但由于广东米商在芜湖的影响，再加上汤善福平时善于交际，人缘很好，因此在6月19日召开的芜湖总商会特别会议上，决定请前会长汤善福暂行维持会务。这一决定遭到芜湖大多数商家的强烈反对。但由于各帮商董意见严重分歧，汤善福最后仍未下台。6月21日，芜湖各商家在上海的《新闻报》公布宣言，宣布脱离芜湖总商会。①

由于明远电灯公司业绩向好，且抵制日货的气氛比较浓郁。在此之前，1919年5月20日，明远电灯公司工人将电灯杆上的日商广告全部拆除，在他们的影响下，居民亦群起将墙壁上的日本广告悉数刷去。②吴兴周投资的大昌火柴厂、恒升机器厂相继投产，再加上徽商徽派文化的影响，吴兴周被推举为芜湖总商会副会长，辅佐会长汤

① 中共芜湖市委党史研究室编：《中共芜湖党史大事记（1919.5—1949.10）》，安徽人民出版社2002年版，第8页。

② 芜湖市地方志编纂委员会编：《芜湖市志》（上册），社会科学文献出版社1993年版，第49页。

善福。

吴兴周从1920年起至1933年，先后担任芜湖总商会副会长、会长、主席等职。[①]在此期间，作为副会长辅佐汤善福以及后来担任会长（主席）的吴兴周参与或主持了一系列重大活动。

1926年，芜湖小戏院一带的贫民棚户区，发生了一次大火灾，烧毁两三百家草棚。大批灾民就地露宿，哀哀无告，而警察局奉命不准灾民再搭草棚，迫使其迁离。灾民无奈，只得结队手执线香前往商会跪请救济。商会领导人遂出面向县政府交涉，获准仍在原地重建草棚安身。这个重建困难解决后，商会又发起捐款，购买稻草、毛竹赠给灾民搭棚，并发放救济金，每户30元、20元不等。灾民生活安定后，群众向商会献万民伞，树功德碑，表示感激。[②]

第三节　吴兴周参与的主要活动

纪念孙中山，吴兴周主祭。为纪念孙中山先生逝世一周年，国民党芜湖市党部及社会各界在湖南会馆举行了“中山逝世周年纪念大会”，到会的有各学校学生、商团全体人员、各机关各团体共计两千余人。大会由王肖山主持，商会代表吴兴周担任主祭。钱杏邨、沈天白、章慕陶（建新）分别在大会上发表演讲。国民党上海交通局特派员阮仲倚参加大会并做了演讲。[③]其中钱杏邨、沈天白均是中国共产

① 许知为：《解放前的芜湖商会》，方兆本主编：《安徽文史资料全书（芜湖卷）》，安徽人民出版社2007年版，第388页。

② 许知为：《解放前的芜湖商会》，方兆本主编：《安徽文史资料全书（芜湖卷）》，安徽人民出版社2007年版，第386页。

③ 中共芜湖市委党史研究室编：《中共芜湖党史大事记（1919.5—1949.10）》，安徽人民出版社2002年版，第55—56页。

党员[①]，章慕陶（建新）是中共芜湖特别支部民生中学小组组长[②]。

北伐军来芜，吴兴周致词。1926年7月9日，国民革命军从广州挥师北伐。1927年3月6日，北伐军第六军第十七师五十七团的一个营，分乘四艘小轮驶抵芜湖。3月8日清晨，国民革命军江右军总指挥兼第六军军长程潜到达芜湖。3月9日上午，在太古码头举行芜湖各界欢迎大会，在会上致开幕词的就是吴兴周。吴兴周代表芜湖各界代表拥护国民政府北伐，驱逐奉鲁军出皖。他表示一定会保障北伐革命军在芜湖期间用电的安全正常。他说，商会群众要积极参与芜湖组织的前敌工作团的慰劳队、粮秣队等七个队的工作，不要酬劳，纯属义务。芜湖总商会还承担工作队的雇工工钱。3月16日，北伐军在当涂与鲁军激战，芜湖前敌工作团粮秣队队长鲍宏达不幸牺牲，吴兴周发动商会给家属抚恤慰问。当时，国民党芜湖市、县党部大多数委员都是共产党员，吴兴周积极配合率领总商会参与了一切活动。[③]

陈调元兵变，吴兴周软抗。1927年1月3日，芜湖十里长街发生恐怖一幕，军阀陈调元指使和纵容部队化装成便衣，于当晚七时抢劫银楼和首饰、绸布、百货、钟表等店铺，造成两人死亡。

陈调元何许人也？这是位以“反正将军”而臭名昭著的军阀。他原属直系，在1924年直奉两系发生二次大战时，他倒戈投向奉系，在张宗昌手下担任第六师师长。1925年，孙传芳的浙闽联军兴起，陈调元见势头对他不利，又从奉系中杀出，加入孙传芳部，被任命为皖军总司令。1926年，随着北伐军的节节胜利，他又悄悄投靠蒋介石，所

① 中共芜湖市委组织部、中共芜湖市委党史办公室、芜湖市档案馆编：《中国共产党安徽省芜湖市组织史资料（1926.4—1987.11）》，安徽人民出版社1993年版，第20页。

② 中共芜湖市委党史研究室：《中国共产党芜湖历史》（第一卷），安徽人民出版社2008年版，第125页。

③ 中共芜湖市委党史研究室：《中国共产党芜湖历史》（第一卷），安徽人民出版社2008年版，第134—136页。

部被蒋收编为国民革命军第三十七军，他还被任命为安徽省政务委员会主席。

陈调元在芜湖上演“绑票勒索”丑剧，尽显他军阀加土匪的本性。1927年4月4日晚，他派兵包围了芜湖总商会会长等正在宴会的酒楼，限定参加宴会的人于4月5日上午11时交出100万元，作为他的部队参加北伐的开拔费。继而又在5日上午包围了商会，并把勒索款降低为50万元。双方僵持了6个小时，商会和银行方才答应第二天付给10万元，但提出必须由吴兴周签字后才能付款。吴兴周事先躲避，没有他这位会长、明远公司总经理签字，谈判就不能生效。当时，吴兴周躲进了长街科学图书社。在这里，芜湖市党部常委胡浩川与他商讨对策。此时，市总工会委员长、中共芜湖特支委员朱庥也赶来科学图书社，朱庥将声讨陈调元的罢市宣言交胡浩川签字。同时朱庥向吴兴周传达了党的指示：坚决不给钱，坚决不出面。朱庥离开后不到半小时，长街及其他街面商店立即关门闭店，全市举行罢市。街头巷尾处处张贴“打倒军阀陈调元”“驱逐陈调元”等标语口号。市总工会派出纠察队上街维持秩序，全市学生纷纷上街游行示威，揭露陈调元勒索商会、银行，屠杀共产党人和国民党左派人士，以及鱼肉百姓等罪行。[①]

4月6日下午，全市20万人举行声势浩大的驱陈大会。会场歌声震天：“打倒列强，除军阀……国民革命成功，齐欢唱……”大会上发表了《芜湖驱陈市民大会宣言》。这场斗争，以芜湖总商会胜利而告终，陈调元灰溜溜地率部逃离芜湖。

发起成立安徽省商会，吴兴周接任。到1926年，安徽省已先后成立县商会33个。为了加强各地商会的联系，1928年，芜湖总商会发起成立省商会，由会长汤善福、副会长吴兴周主持筹备工作。同年在芜

① 中共芜湖市委党史研究室：《中国共产党芜湖历史》（第一卷），安徽人民出版社2008年版，第143—145页。

湖召开成立大会，全省60个县的商会或工商界各推选代表2人，重要集镇如三河、固镇、枞阳、襄安、运漕等各派代表1人，共200多人参加了大会，会议非常隆重，盛况空前。大会推选汤善福为省商会会长，会牌就挂在芜湖总商会。这一年汤善福病逝，吴兴周代行会长职责。[①]

整修十里长街，吴兴周主持。芜湖的十里长街原是土路，晴天尘土飞扬，雨天路面泥泞，之后以鹅卵石铺垫。到清朝中叶，官府拨款，商家集资，购荆山麻石，凿成石板铺之。但经独轮车长年碾压磨损，已成沟槽，槽深达三四厘米。1931年，芜湖发生特大水灾，长街水深过膝，陡门巷水深3尺，自江口至西门，路面被冲坏浸毁，石板松动，排水沟道淤塞，不但推、拉、扛、抬货物极其困难，就是徒手步行也很不便。灾后街道亟待修建，市民不能上街，商业瘫痪。

1931年秋，大水退后，官商即着手筹划重修十里长街。商会立即采取抢救措施，在商会主席吴兴周的主持下，商会成立了“修建长街筹备处”主其事。“市政建设委员会”负责人为邵立洲、刘兆庆。号召各行各业出钱出物，木业供应木板、木料（水退后各自收回），营造业负责施工，自江沿起至西门口止，沿街道两边，各架木板人行道，陡门巷搭天桥，桥上行人，桥下行船，沟通长街、二街、中山路等几条主要商业街道，市民称赞，商业赖以恢复。各工商业大户自动捐款、发米、发馒头、施粥，救济贫苦灾民（主要是郊区、农村灾民）。据直接参加施工的老石工过裕隆、管理财务的老药师王礼卿与知情人金仲平等老人介绍：施工规划是县政府“市政建设委员会”和商会共同制订的。修建长街筹备处管经费的是正裕布店经理徐馨圃，管银钱出纳的是张恒春中药店经理王子勤。经费来源以房铺捐附加名目向各商店和房东征收。

① 许知为：《解放前的芜湖商会》，方兆本主编：《安徽文史资料全书（芜湖卷）》，安徽人民出版社2007年版，第386页。

长街维修承包施工，采用投标方法。商会召集全市二十多家石匠店开会，按设计要求，公开招标。结果由十三家石匠店集体中标。领头的有裴祥记、汪义兴、胡家馀三家石匠店，由其店主裴宏祥、汪绪乐、胡家馀三人负责安排施工。筹备阶段：时间——从1931年大水退后到年底的半年时间。准备工作有两项：1.调集石工。共集中了一百二十把锤(石匠大师傅才称“把锤”)。除本地石工全力以赴外，还从合肥、巢县请来一些石工相帮，并集中大批杂工，担任抬石料、挖下水道、砌涵洞以及后勤等工作。2.备料。到枞阳县花山采购大量麻石加工，运回备用。施工阶段：时间——自1932年春节开始施工，1933年夏季全部竣工，费时一年半。自下长街至西门口铺设长条石路面，长1783米，宽1.2米，还有两边石板砌成的路沿；砖砌下水涵洞及两侧街沿阴沟；整个街道皆用长三尺五寸、宽一尺二寸条石三条并列连结铺成中心路面，两旁各铺横一块竖一块的长石条，再铺一块长五寸宽四寸的厚石板，砌成街沿，直到两边店屋墙脚。一色条石，整齐美观。施工期内，采取分段施工方法，预搭跳板。不但便利行人过街，而且不影响店家做生意。用拆下的旧麻石块，凿平沟漕，铺砌街沿，既省工又省料。全线工程，耗资两万五六千块银元，投入施工的总人数有两千多人，仅短短一年半时间，能完成规模这样大、质量这样高的工程，实属不易。①

吴兴周领导，抵制日货。1931年九一八事变发生后，长街奋起抵制日货。长街商人在由吴兴周担任主席的总商会的领导下，与工农兵学各界走到一起，同仇敌忾，投入抵制日货的抗日救国潮流中。芜湖总商会曾组织数千人的队伍参加芜湖各界抗日救亡万人示威大游行，收缴大批日货，在河南日本领事馆门前焚毁。芜湖总商会亦出面，要求长街商家写出“不卖日货”的保证书，如发现再购进日货者，科以

---

① 许知为：《芜湖十里长街史话》，方兆本主编：《安徽文史资料全书（芜湖卷）》，安徽人民出版社2007年版，第694页。

重捐，视日货多寡罚款二十到四十银元不等。从此日货在长街一度绝迹。不过，其中也有就原存日货改头换面，冒充国货偷偷远销外地的情况。此外，芜湖国货公司经理洪文斌还邀请学生话剧宣传队，举办为期一周的专场义演，由各个中学学生会自编话剧，轮流上演，门票收入全部捐献给东北义勇军。洪文斌在首场开幕式上发表演说："商界爱国，不敢后人，诸位出一块钱买一张戏票，等于出一块钱买一条人命。东北义勇军在那冰天雪地拼命打日本鬼子，我们芜湖同胞誓做他们的后盾，共赴国难！"他说得声泪俱下，观众无不热血沸腾。长街商人这次爱国行动，值得大书特书。[①]

① 许知为：《解放前的芜湖商会》，方兆本主编：《安徽文史资料全书（芜湖卷）》，安徽人民出版社2007年版，第387页。

第八章　德润乡里桑梓情

与其他徽州商人一样，吴兴周也崇奉“贾而好儒”。在明远公司取得一定效益之后，吴兴周即创办职工夜校，鼓励支持工人补习文化。同时他在家乡创办兴周小学（亦有“高村小学”“高迁小学”的说法），致力于发展教育事业。他在晚年，还招股创办林场，封山育林，造福桑梓。

第一节　创办职工夜校

据《芜湖市志》记载：吴兴周热心于教育事业，在芜湖创办工人夜校，聘教师供课本纸笔为明远工人学习，其他厂店工人，亦可自愿入学。①

据《绩溪县志》记载：吴兴周致力于教育事业。1919年4月，他独资在芜湖赭山创办职工夜校，免费吸收明远公司及纱厂职工补习文化，又捐巨款资助芜湖的徽州公学开办职工夜校，高薪聘请刘希平、高语罕为教师。②

五四以后，伴随着马克思列宁主义的传播和中国共产党的成立，在芜湖形成了一个以高语罕为首的具有先进思想的知识分子群体。他

① 芜湖市地方志编纂委员会：《芜湖市志》（上册），社会科学文献出版社1993年版，第833页。

② 绩溪县地方志编纂委员会编：《绩溪县志》，黄山书社1998年版，第885页。

们中教师有高语罕、沈泽民、郑太仆、董亦湘、王坦甫、余天觉、刘希平、王肖山、余小宋、王岳庐、郝耕仁、时绍五、龚念祖等，学生有蒋光慈、吴保萼等。这些知识分子在新文化运动的熏陶下，特别是在接触马克思主义之后，开始步出书斋，走向社会。他们到基层做调查研究，把视线投入社会劳动群体，特别是工人阶级群体，做社会的实践者，走与工农相结合的道路。①

为了满足芜湖一部分爱国商人和店员工人接受教育的要求，高语罕、刘希平等人于1919年冬在三圣坊徽州公学创办商业夜校，教员有刘希平、余小宋、王岳庐、时绍五等人。学校设置簿记、国文、科学常识、算术、商业理论（商业基础知识）等课程。1920年下半年，学校因经费无着落、教员缺乏、生源不稳定而解散。②

初期办学的实践启发了这些知识分子，于是他们积极联络商界，请他们出资助学。1920年春，由刘希平、高语罕、阮仲勉、王肖山、余小宋等人发起，在商界吴兴周、崔松谷、汪孟邹等人赞助下，在赭山脚下观音松建平房十五间开办芜湖工读学校，余小宋为学校负责人。首批招收学生二十四人，实行半工半读，学生多为贫困家庭的子弟。每天做木工四小时，上课四小时，学制三年。学校开办两年半时间，因经费困难合并到芜湖职业学校木工科。③

为了方便明远工人学习文化，明远公司于1922年春在公司大门口创办了工人夜校，参加学习的全部是工人，并以人力车工人为主。

① 中共芜湖市委党史研究室：《中国共产党芜湖历史》（第一卷），安徽人民出版社2008年版，第54页。

② 中共芜湖市委党史研究室编：《中共芜湖党史大事记（1919.5—1949.10）》，安徽人民出版社2002年版，第13页。

③ 中共芜湖市委党史研究室编：《中共芜湖党史大事记（1919.5—1949.10）》，安徽人民出版社2002年版，第13—14页。

第二节　创办兴周小学

在吴兴周创办的几处学校中，唯兴周小学（图8-1）历史最长。

图8-1　兴周小学

据《绩溪县志》记载：1920年，吴兴周在家乡绩溪高迁村创办高村（高迁）小学，出资2000元建成新校舍，并捐专款存入银行，每年生息500元，作为学校经费。①

1920年，吴兴周在家乡绩溪高迁村，借用吴氏宗祠，创办兴周小学，惠及宗族和乡里的贫困子弟，为他们提供接受教育的机会。创办之初，他还拿出一笔现金，作为学校的开办费用。又捐款将学校扩建为高级小学，并将个人在明远的股份划出一部分另设专户，以股息红利，作为小学常年经费。②

兴周小学创办数年之后，吴兴周回到家乡，深感吴氏宗祠房屋狭小，不敷学校之用。于是他嘱咐其弟回家，选择适中地点，建筑新校

① 绩溪县地方志编纂委员会编：《绩溪县志》，黄山书社1998年版，第885页。

② 芜湖市地方志编纂委员会编：《芜湖市志》（上册），社会科学文献出版社1993年版，第833页。

舍，后又捐款将兴周小学扩建为高级小学，方便宗族子弟及附近村子的儿童入学。

民国时期，小学有初级小学和高级小学之分。初级小学指的是小学一年级到三年级（有的初小还包括四年级），高级小学指的是小学四年级到六年级（有的高小不包括四年级）。扩建后的学校分为初级部和高级部两部分，新校舍面积甚广，有教室、办公室、教师寝室、厨房、花圃等。

那时，其他学校念初小的学生每人每年要交学费2.2银元，念高小的学生每人每年要交学费4.4银元；学生如果住校，每年还得加收1.5银元的住宿费。当时并不是每个家庭的孩子都交得起学费，针对这种情况，吴兴周创办了穷人的孩子也能接受教育的“兴周完小”。

高迁村位于绩溪县城西北，距县城只有4公里。由于“兴周完小”是免费招生，且实行男女生同校，平等入学，所以新学校建成之后，很快吸引了四乡八邻的关注，周边学童纷纷前来求学。为了新学校的长久之计，吴兴周捐款买下几十亩义田，用以补贴办学之需。

当时，吴兴周回乡盖了积谷仓，专门用来堆放每年收上来的粮食。这些粮食有两个用途，一部分用作教师的薪酬，另一部分则用来救济贫民。

第三节　创办翚溪山林场

吴兴周的家乡绩溪高迁村历史悠久，文化底蕴深厚，村庄依山傍水，环境优美，翚岭坐落在高迁村境内，徽商古道翚岭驿道从高迁穿村而过。余溪水库景色宜人，碧波粼粼，水映青山山绕水，山浮绿水水绕山，山水交融，仿佛一幅山水画卷。1940年，年老赋闲在家的吴兴周看到翚岭的山水没有得到很好的保护，遂招股建立翚溪山林场，封山育林。①

翚溪山林场又称翚阳林场，位于吴兴周的家乡高迁村西北。经过几十年的保护和发展，2014年，经省林业厅批准，绩溪县在县城西北扬溪林场范围内设立省级翚溪森林公园。据了解，该公园规划总面积1200公顷，四界范围为东起扬溪林场翚溪林区对面山脊，南到扬溪林场翚溪林区后山防火道，西达翚岭古道至主山降沿降上，北至仙人岩。

附记：关于吴兴周的生卒年

1941年深秋，吴兴周病逝，享年73岁。其灵堂前的挽联是："艰苦创业守成难，民族工业靠自救。"②

关于吴兴周的出生年，目前有三种说法：一是通常所说，以《芜湖市志》为代表的，《芜湖县志》《镜湖区志》《芜湖供电志》《绩溪县志》《芜湖人物志略》均称其出生于1868年。二是方兆本主编的《安徽文史资料全书（芜湖卷）》中的许知为《芜湖十里长街史话》说，吴兴周，1866年生，皖南绩溪西乡人，家贫。③三是《民国人物大辞典》称其出生于1864年。吴正麈（1864—？），字兴周，安徽绩溪人。1864年（清同治三年）生。④

关于吴兴周逝世的具体时间，目前有三种说法：一是通常所说，以《芜湖市志》为代表的，《芜湖县志》《镜湖区志》《芜湖供电志》均称其逝于1941年。二是《绩溪县志》记载：1942年，高迁吴兴周等18人合股，在翚溪山建林场，集资万元，设股500份，每股法币20

---

① 绩溪县地方志编纂委员会编：《绩溪县志》，黄山书社1998年版，第885页。

② 龚英柏：《吴兴周：艰苦创业守成难》，芜湖市党史和地方志办公室编：《江静听潮声：芜湖近现代百年人物》，黄山书社2016年版，第59页。

③ 许知为：《芜湖十里长街史话》，方兆本主编：《安徽文史资料全书（芜湖卷）》，安徽人民出版社2007年版，第702页。

④ 徐友春主编：《民国人物大辞典》，河北人民出版社1991年版，第344页。

元，后费罄停止林事。[1]据此，1942年时，吴兴周应该还健在。三是吴兴周之子吴名骝与葛宗仁合撰《走历史的必由之路——记芜湖明远电厂的创建、遭遇、新生和发展》，其中说吴兴周1940年秋在绩溪去世，终年74岁。[2]

① 绩溪县地方志编纂委员会编：《绩溪县志》，黄山书社1998年版，第222页。

② 吴名骝、葛宗仁：《走历史的必由之路——记芜湖明远电厂的创建、遭遇、新生和发展》，第6页，芜湖市档案馆馆藏资料。

第九章　子嗣绵延承父业

据《芜湖市志》《镜湖区志》《绩溪县志》《芜湖供电志》记载：吴兴周之子吴子壮、吴名骝、吴名驹，皆献身于电力事业。（图9-1）

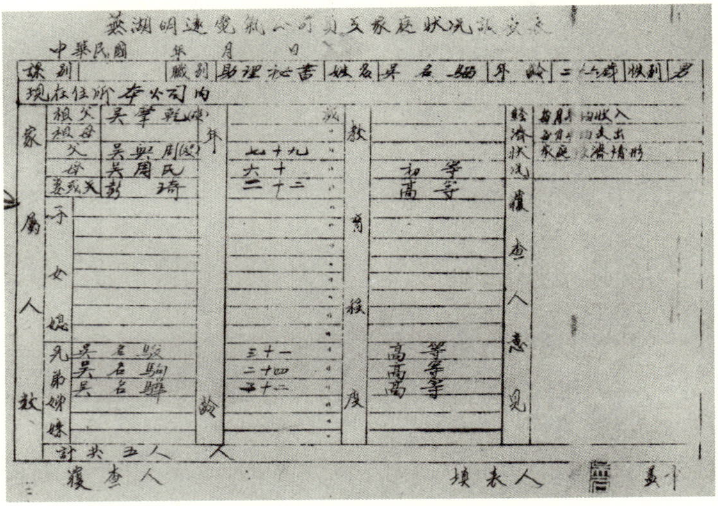
芜湖明远电气公司职员家庭状况调查表
中华民国　年　月　日
课别　职别 助理秘书　姓名 吴名骝　年龄 二十六岁　性别 男
现在住所 本公司内

家属人数	姓名	年龄	教育程度
祖父	吴肇乾（殁）		
祖母			
父	吴兴周（殁）	七十九	
母	吴周氏	六十	初等
妻或夫	彭琦	二十二	高等
子女媳			
兄弟姊妹	吴名骏	三十一	高等
	吴名驹	二十四	高等
	吴名骅	二十二	高等
计共五人			

经济状况：每月之收入　每月之支出　家庭经济情形
调查人意见
调查人　　填表人

图9-1　吴兴周家族

第一节　吴子壮①

吴子壮（图9-2），字名骏，吴兴周长子，1917年出生于绩溪县。1937年在芜湖萃文中学（今安师大附中）读书，1941年肄业于浙江丽

① 芜湖市地方志编纂委员会编：《徽商与芜湖》，黄山书社2013年版，第158—159页。有删改。

水英士大学农业系。1942年秋在歙县棠樾右任初级中学任教师，1943年秋在屯溪鑫记水碓做碾米生意，1944年春任绩溪孔灵徽州农校教师，1945年春在屯溪岭下水碓做碾米生意。

图9-2 吴子壮

1937年，芜湖沦陷后，吴兴周创办的明远公司被日军占领。抗战胜利后，国民党安徽省政府接收委员会（建设厅）派人接管，将明远公司改名为安徽省芜湖水电厂。1946年，吴子壮和黄梦飞、周协恭等人作为私方代表，经多次上诉，在筹交巨额“补偿费”后，国民党政府才返还了明远公司部分电气设备。

当年吴子壮任芜湖明远公司总务科副科长，1947年7月任芜湖明远公司董事会常务董事。解放后，于1949年8月任芜湖明远公司营业科副科长，1952年1月任公私合营芜湖明远水电厂营业科副科长，1959年7月任皖南供电所营业站副站长。

由于吴子壮精通业务，熟悉流程，加之工作积极，认真负责，1956年被评为明远电厂乙等先进工作者。为了改进工作作风，进一步提高服务质量，吴子壮积极响应党的号召，大胆发动群众，在其负责的部门设立意见箱，并派员挨家挨户征求意见，集中各方意见，着手解决存在的问题，收效显著。当时到农村参加劳动锻炼的人员较多，为了不影响工作，吴子壮一方面要求学员尽快掌握业务知识，另一方面实行抄表轧账一竿到底的办法，很好地解决了人员不够的困难。施行这一措施后，电表抄收率不断提高，由原来的85%逐步提高到97%。吴子壮还将抄表卡由原来的两年一换改为四年一换，这样既节约了大量的纸张，又减少了换卡带来的工作量，可谓一举两得。在此期间，吴子壮经过多方努力，全部结清了用户所积欠的架放线路费用。

在农村支援农业生产中，吴子壮不怕脏不怕累，不畏烈日风雨，处处积极带头，为其他职工树立了良好榜样，深得领导赞许。1959年，吴子壮出席芜湖市工业交通运输基本建设财贸方面组织的社会主义建设先进生产者代表大会，并荣获先进工作者称号。

1960年，吴子壮由皖南供电所营业部调入芜湖市工商业联合会，先后担任芜湖市工商业联合会第四、五届副主任委员和芜湖市政协第五届委员，并出席中华全国工商业联合会第三届委员代表大会。1981年去世。

第二节　吴名骝

吴名骝（图9–3），又名子良，安徽绩溪人，生于1922年。1957年加入中国农工民主党。1958年任芜湖市明远电厂计划统计员。

图9–3　吴名骝和他的同事（右边为吴名骝）

据芜湖市档案馆馆藏资料记载：吴名骝于1930年8月至1937年11月，在芜湖商会小学读书；1937年12月至1938年7月，在绩溪高迁小学任教师；1938年8月至1940年7月，在休宁徽州中学读书；1940年8月至12月，在绩溪家中闲居；1941年1月至2月，在屯溪皖南粮食局任办事员；1941年3月至5月，任绩溪临溪皖南粮食局临溪验收所所长；1941年6月至1942年1月，在绩溪家中闲居；1942年2月至7月，在绩溪县立初级中学任教员；1942年8月至1943年1月，在歙县右任初级中学任教员。1943年2月至8月，在绩溪家中自修；1943年8月至1945年12月，在屯溪上海法政学院读书；1946年1月至7月，在绩溪及芜湖家中休学；1946年8月至1947年6月，在上海法政学院读书；1947年7月之后，在明远公司先后任过董事会秘书、计划统计员等职。解放后，一直在明远电厂、芜湖发电厂工作。（图9–4）

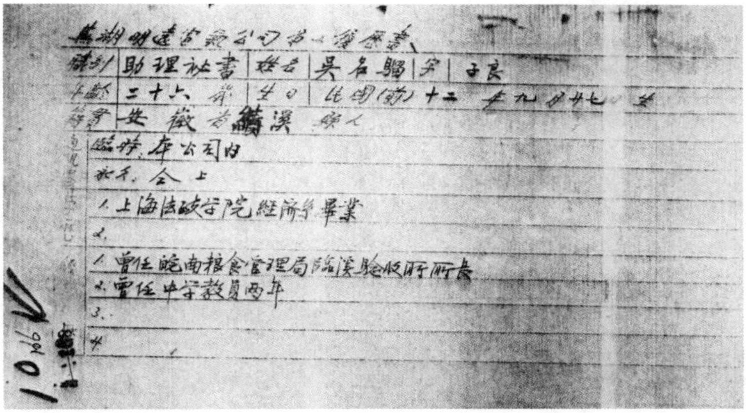
助理秘書 吴名骝 子良
二十六
安徽 績溪
本公司内
1. 上海法政学院經濟系畢業
1. 曾任皖南粮食管理局績溪驗收所所長
2. 曾任中学教員兩年

图9–4 吴名骝履历

据赵更生老人回忆：“解放前明远电气股份公司在芜湖是屈指可数的大单位，职工的文娱活动也是相当丰富多彩的。单位设有图书室、篮球场、乒乓室。组建有篮球队和足球队，特别是足球队在芜湖小有名气，逢到比赛总会进入前几名。当然这些活动都放在下班之后的业余时间。活动的组织者是厂部秘书吴名骝，他是‘明远’开创者吴兴周的公子。人长得帅气精干，据说是财经大学毕业生，文学的功底颇深，写得一手好字，单位的黑板报都是他出。黑板报的内容主要是单位新闻。吴名骝的组织能力相当强，他积极与市内各单位联络，所以明远球队各项比赛长年不断。吴名骝不仅喜好各项文娱活动，而且运动水平很高，特别是他的足球水平，在当时号称‘安徽半条腿’。

一个人能够成为安徽足球的半壁江山，足见他的技术非凡！不过，想来有些遗憾，吴名骝已于去年（2005年）去世，他没有等到明远百年庆典的这一天……”①

据芜湖发电厂档案记载：吴名骝曾担任安徽省电力企业管理协会理事、芜湖发电厂企业管理协会会长等职，并多次荣获安徽省电力系统先进工作者、安徽省先进统计工作者、厂标兵称号，当选省、市民主党派为“四化”服务先进个人。

吴名骝与厂内其他同志合作，先后撰写了《走历史的必由之路——记芜湖明远电厂的创建、遭遇、新生和发展》《芜湖发电厂发展史：1907—1980（初稿）》，现存芜湖市档案馆。1993年版《芜湖市志》等书中关于电力工业及吴兴周人物传的资料多出于此。

第三节　吴名驹②

吴名驹（图9-5），1924年1月出生于安徽芜湖，1948年毕业于北洋大学（今天津大学）电机系。中共党员，教授级高级工程师，中电工程东北电力设计院原总工程师。他在建设大型火力发电厂方面造诣颇深，曾先后主持各类工程数十项，主持编写了《国产60万千瓦褐煤机组电站方案设计专题报告》等多部著述。

① 《光明到永远——纪念芜湖电力100周年》，第35页，芜湖市档案馆图书资料。

② 《中国能源报》记者陈哲、特约通讯员杨成林：《良驹奋蹄驰万里——记中电工程东北（电力设计）院原总工程师吴名驹》，《中国能源报》2016年12月19日，第28版。有删改。

图9-5　吴名驹

吴名驹毕生献身于我国电力事业，为东北电网大型发电机组的安装作出重大贡献。

国家第一个五年计划时期，东北地区是新中国经济建设的重点，经济要发展电力需先行，而设计环节更是先行中的先行。

作为共和国第一批电力设计专业人员，吴名驹知道自己肩上的担子有多重。当时国内电力设计几乎是空白，没有设计方法，没有设计模式，一些急需改造扩建的老发电厂连基础资料都没有。使命感、紧迫感驱使着吴名驹马不停蹄地奔波。那时交通工具不像现在这么方便，到现场实地踏勘、测量，有时坐马车，有时要步行，吴名驹和大家穿梭于白山黑水之间。

吴名驹常说：电力先行要体现在我们的行动中，这就要求我们必须重视前期工作，狠抓电力系统和电源布置规划，多一些电源点储备。只有这样，才能掌握主动，不致使国家经济发展速度耽误在我们手中。

吴名驹以高度的责任感和主人翁姿态，深入调查研究并掌握相应地区的煤炭、运输、电力需求动态，围绕煤矿、港口、路口的条件进行多方案比较和厂址评价，合理选点。仅1979年至1983年，东北电力设计院就完成发电工程初步可行性项目9项，规划容量1980万千瓦；完成可行性研究项目32项，规划容量1057万千瓦。这些卓有成效的工作，使东北地区摆脱了由于不能及时提供新电源点而影响经济发展的尴尬被动局面。

厂址选择的好坏，是决定电厂建设能否优质、高效、低耗、节约用地的重要环节。1956年，吴名驹主持我国当时最大的火电工程——吉林热电厂二期扩建工程设计时，在节约用地及优化工艺流程的基础上，利用当地自然条件确定电厂规划容量和合理布局，并编制了电厂最终容量鉴定报告。这为电厂后续的六期扩建工程由原设计容量15万千瓦增至89万千瓦创造了良好条件，树立了扩建电厂、加强总体规划、合理布局的典范。

在富拉尔基二厂一期工程设计时，有关部门明确该厂容量60万千瓦，不考虑扩建。吴名驹等人经过精心研究，提出在不增加用地的前提下，该厂可扩建容量为120万千瓦装机的方案。该方案远远超出最初设想，为该厂大幅增容、扩容打下了坚实基础。吴名驹每年都要抽出大量的时间，察看工地或参加设计回访。一次到朝阳发电厂考察，听到炉顶温度高、运行人员无法工作，他拉着电厂总工程师，爬上70多米高的炉顶测量温度，随后又在炉前研究确定修改方案，终于解决该问题并收到了良好的效果。

吴名驹先后主持了吉林热电厂扩建工程及浑江、牡丹江、元宝山、富拉尔基二厂、锦州、通辽、哈尔滨三厂、双鸭山等发电厂的新建工程设计。其中浑江发电厂一期和二期工程及牡丹江二厂、富拉尔基二厂、哈尔滨三厂、通辽电厂等工程获国家级优秀设计奖。这都是他辛勤耕耘结出的沉甸甸的硕果。

1979年2月，吴名驹担任东北电力设计院总工程师。在担任总工程师期间，他创建的质量保证体系和院内、院外两个质量信息反馈渠道，加快了质量管理工作与生产体制、运行机制和各级岗位责任制有机的结合，促进和保证了勘测设计质量的不断提高，在全国同行业范围内具有重要的指导意义。

东北及内蒙古东部地区是我国褐煤的主要产区，在电力生产上积极开发利用这一资源，具有难以估量的经济价值。为此他花费大量精力对此进行了广泛的调查研究，写出了《内蒙古东部褐煤基地厂址选择中煤、电、运几个综合性问题探讨》等论文。

在论文中，他阐述了破除门户之见、打破部门界限及实行煤、电、运统一规划的主张，进而提出在褐煤矿区的内蒙古东部伊敏兴建坑口电站。此举可节省修铁路、建灰场等巨额的投资，同时使项目提前三年投产。这一建议最后被采纳，并沿用至今，而且一直是政策鼓励的煤电建设类型。

在电力勘测设计方面取得骄人业绩的同时，吴名驹还先后担任了中国电机工程学会第三、四届理事会理事及火电专业委员会委员、顾问，吉林省科学技术协会委员，原中国电力企业联合政策规划部研究员，东北经济技术研究协会理事，长春市第四、五届政协委员。

吴名驹的突出贡献为他带来了众多荣誉：长春市劳动模范、吉林省劳动模范、水利电力部特等劳动模范、全国五一劳动奖章和吉林省英才奖章。1990年，吴名驹被国家命名为“中国工程建设设计大师”，并享受国务院特殊津贴，成为全国电力勘测设计领域里名副其实的著名专家。

按照国家有关规定，像吴名驹这样经验丰富、有突出贡献的专家，可暂缓办理退休手续。然而，为了能让年轻干部尽快到领导岗位放手大胆工作，1989年7月，吴名驹主动要求退休了。

退休是人生的一个转折点。照常理，功成名就的吴名驹可以过悠闲的日子了，可他还在想着怎样才能为国家多贡献点力量。退休不久，吴名驹又披挂上阵，甘当新任总工程师的助手与参谋。在参加河南长城铝业公司、大连庄河电厂工程投标时，吴名驹不顾自己年事已高，经常在一线加班到深夜，为当时东北院两项工程中标作出了重要贡献。他还担任世界银行贷款的国际招标项目——上海吴泾及山东邹县电厂工程的咨询总工程师，并出色完成了各项工作。

每当提及过往荣誉，吴名驹总是谦虚地说：所有的荣誉全归集体，我虽叫名驹，但我更愿意做一个无私的伯乐，把更多和我当年一样的无名之驹送上征途，为发展我国的电力事业而加倍努力，作出新的更大的贡献。

第十章　枯木逢春谱新篇

抗战胜利后，明远终于回到了原业主的手中。然而，在国民党反动统治之下，明远的发展道路依然是黑暗的。芜湖解放以后，明远才真正迎来光明的发展局面。改革开放以来，明远再次走入人们的视野，在芜湖这块土地上绽放异彩。

第一节　明远回归

抗战胜利后，对于明远公司这块“肥肉”，各方纷纷伸手意欲抢夺。国民党安徽省政府、皖南行署将明远电厂判作“敌产”“逆产”欲强行没收。趁经济部接收大员尚未到之时，国民党安徽省政府接收委员会（建设厅）急派焦祖荫接管了“华中水电株式会社芜湖营业所”，并擅自更名为“安徽省芜湖水电厂”。（图10–1）

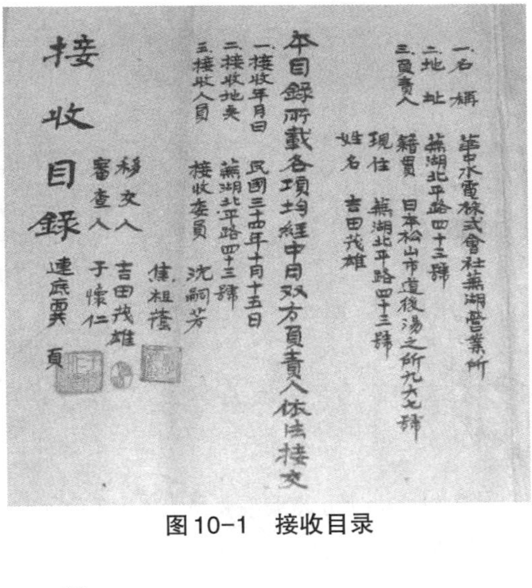
一、名稱　華中水電株式會社蕪湖營業所
二、地址　蕪湖北平路四十三號
三、負責人　籍貫　日本松山市道後湯之所九九號
現住　蕪湖北平路四十三號
姓名　吉田茂雄
本目錄所載各項均經中日双方負責人依法接交
一、接收年月日　民國三十四年十月十五日
二、接收地點　蕪湖北平路四十三號
三、接收人員　接收委員　沈嗣芳
焦祖蔭
移交人　吉田茂雄
審查人　于懷仁
接收目錄
連底頁　頁

图10–1　接收目录

焦祖荫把持明远公司，借机安插亲信50多人，巧立名目，大量加收所谓“用电保证金”，仅此一项，就榨

取民财3000万元法币。

据解放前明远老员工赵启麟回忆：大约过了半年时间，国民党中央经济部说，“水电厂是公用事业，安徽省没有资格接收，应由中央接收”。于是国民党经济部接管了“安徽省芜湖水电厂”，并将其更名为“经济部接管华中水电公司芜湖营业所”，派经济部官员技正沈嗣芳管理。实质上，经济部也知道明远这份产业是私营性质，迟早要归还，这只是过渡阶段。[①]

1946年元月起，原明远公司部分董事黄梦飞、周协恭、刘泮桥、吴子壮等人即多方奔走呼吁，全力争取。其中黄梦飞与国民党上层交往较多，交涉有方，据《芜湖市志》介绍：是时，吴兴周已故。黄梦飞为此奔波一年，筹交亿元巨款，明远才免被没收，因而深受明远股东感激，被推为董事长。[②]（图10-2）

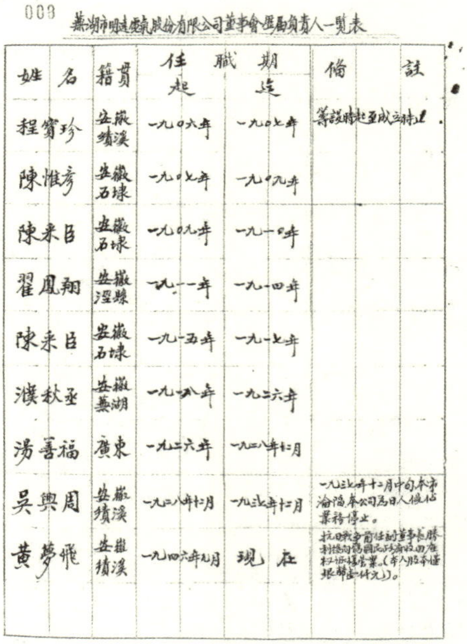
008 蕪湖市明遠電氣股份有限公司董事會歷屆負責人一覽表

姓名	籍貫	任職期 起	任職期 迄	備註
程寶珍	安徽績溪	一九〇六年	一九〇七年	籌設時起至成立時止
陳惟彥	安徽石埭	一九〇七年	一九〇九年	
陳來臣	安徽石埭	一九〇九年	一九一〇年	
翟鳳翔	安徽涇縣	一九一一年	一九一四年	
陳來臣	安徽石埭	一九一五年	一九一七年	
濮秋丞	安徽蕪湖	一九一八年	一九二六年	
湯善福	廣東	一九二六年	一九二八年十二月	
吳興周	安徽績溪	一九二八年十二月	一九三七年十二月	一九三七年十二月中旬本市淪陷本公司為日人侵佔業務停止。
黃夢飛	安徽績溪	一九四六年九月	現在	抗日戰爭前任副董事長，勝利後向國民政府收回產權恢復營業。（[illegible]）

图10-2 明远公司历任董事长

后经国民党经济部苏浙皖区敌伪产业处理局裁定，同意将明远公司电力部分产权划归明远公司，合计固定资产1942.6万元法币归还原业主，但要交“补偿”费3万元法币。

① 《光明到永远——纪念芜湖电力100周年》，第29页，芜湖市档案馆图书资料。

② 芜湖市地方志编纂委员会编：《芜湖市志》（上册），社会科学文献出版社1993年版，第852页。

以下为相关通知内容：

查该公司（明远公司）申请发还厂产一案，业经苏浙皖区敌伪产业处理局沪三字37483号决定发还。所有发领手续，亦经办理完竣，由（民国）三十五年九月十六日起正式交还原业主负责管业。仰即知照为要。（图10-3、10-4）

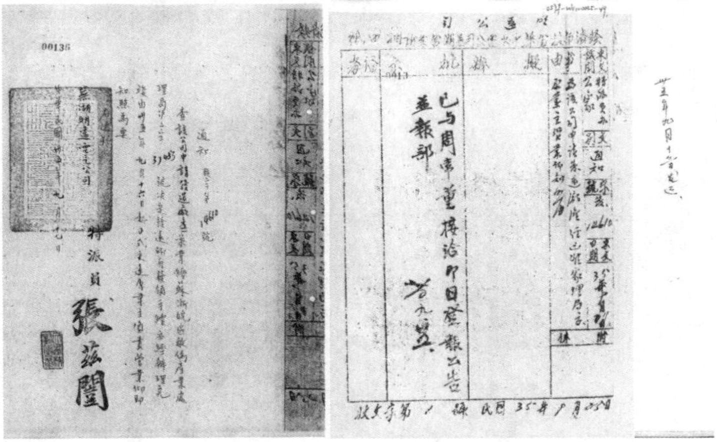

图10-3　发还明远公司公函

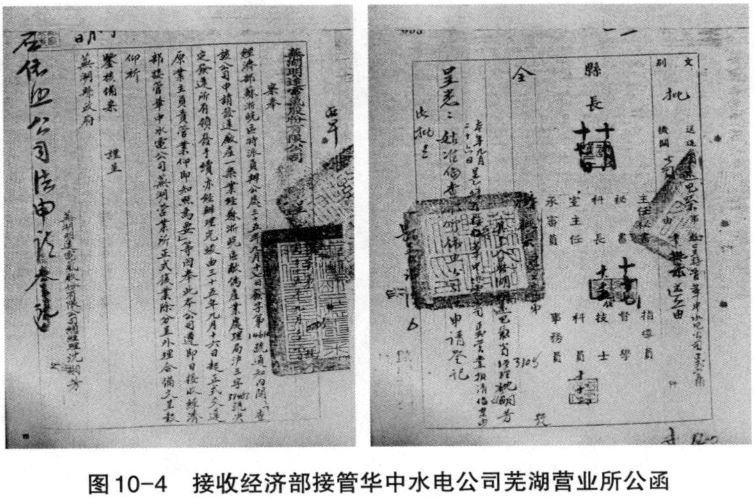

图10-4　接收经济部接管华中水电公司芜湖营业所公函

终于等到了这一天，但公司接手后没有流动资金，唯有移交的一批用户电费欠单。这时，国民党反动当局的党政机构及其地方势力集团又纷纷推荐人员进入公司，明远公司增至256人。机构臃肿庞杂，人浮于事，各项费用加大，明远公司在苦熬中支撑着。

收回经营权后的明远公司，立即召开股东大会。经选举决定由黄梦飞、周协恭任正、副董事长，仍请沈嗣芳为总经理。并及时办理股权登记，进行债务账务清理。复业以后，董事会与经理室紧密联系，对于八年来敌占期间“只损不修、只用不养”之机器、线路、房屋分别修建，并酌发股息，银团债款全数抽还，方谓暂告喘息。①（图10-5、10-6）

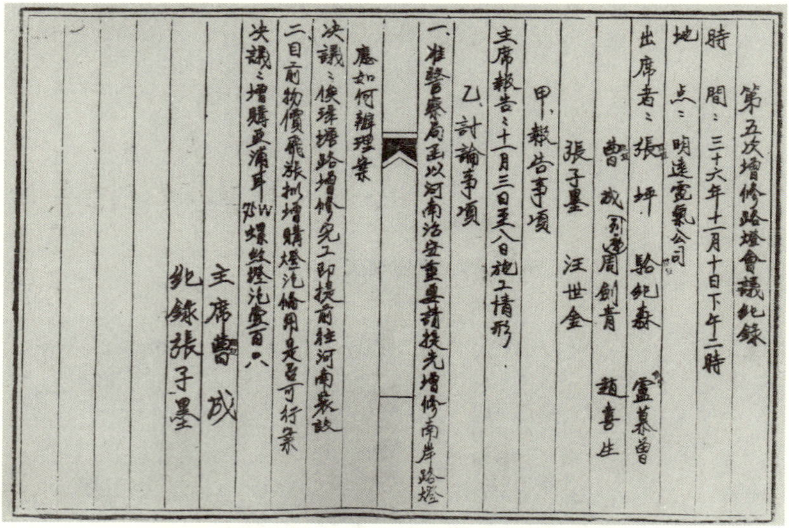
第五次增修路燈會議紀錄
時間：三十六年十一月十日下午二時
地点：明遠電氣公司
出席者：張坪 駱紀森 盧慕曾
曹成（列席）周劍青 趙喜生
張子墨 汪世金
甲、報告事項
主席報告：十一月三日至八日施工情形
乙、討論事項
一、准警察局函以河南治安重要請提先增修南岸路燈應如何辦理案
決議：俟韓塘路增修完工即提前往河南裝設
二、目前物價飛漲擬增購燈泡備用是否可行案
決議：增購亞浦耳—W卅螺絲燈泡壹百八
主席 曹成
紀錄 張子墨

图10-5　第五次增修路灯会议纪要

① 《明远概况》，第6页，芜湖市档案馆馆藏资料。

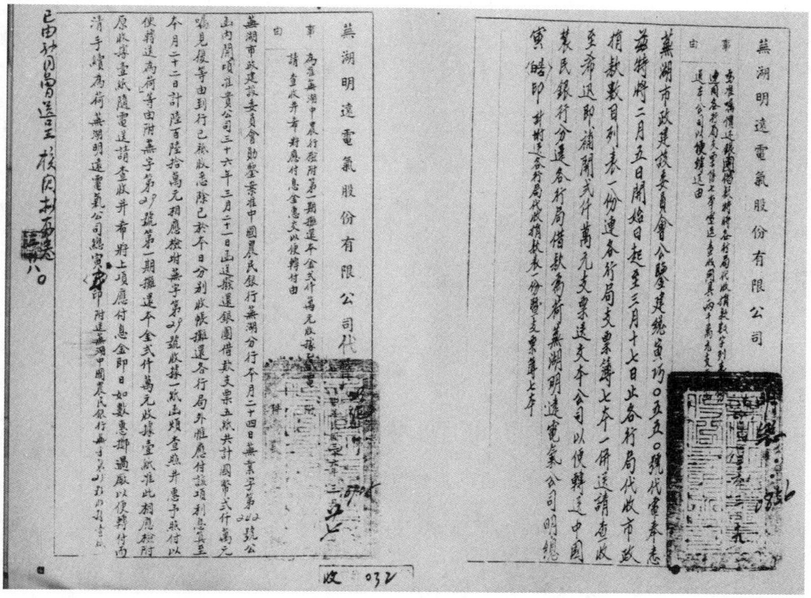

图10-6 偿还银团借款

日军投降后，国民政府安徽省建设厅接管经营，每天发电仅5小时，用电业务甚少。国民政府经济部接管后，实行24小时供电，裕中纱厂、益新面粉厂、锯木厂，以及装有电动机的碾米厂等皆先后开工，到发还明远公司原股东经营时，城内用电已呈上涨之势。1947年该公司售电为670.6万度，其中工业用电占55.7%。[①]

此时，正值国民党发动全面内战之际，国民党在芜湖驻扎的大批军队，为了打内战，到处搜刮民财。当时向明远征收的各种苛捐杂税，名目繁多，诸如城防捐、桥梁捐、码头建设捐、慰劳军款、自卫捐、保甲捐，以及营业税、薪资税、盈利税、土地税等，不胜枚举。各种捐（税）款，少则几万元，多则几十万元。国民党驻军不但不缴电费，还到处窃电，打骂抄表工。一次，稽查股工作人员在检查窃电时，被国民党军队士兵打得鼻青脸肿。地方恶势力也推波助澜，除了

① 赵更生主编：《芜湖供电志》，1989年，第132页，芜湖市档案馆图书资料。

要给他们优惠电费、按节送礼之外，还要以"顾问费"等名义按月送给车马费，否则他们就会闹上门来，纠缠不休。1948年1月，明远公司以发电设备作抵押，向银行贷款36亿元法币，在国民党的苛捐杂税中艰难地生存着。

据芜湖市档案馆馆藏资料《中央日报·安徽增刊》1947年3月9日报道：

霓虹灯电炉电灶将一律禁用 窃电犯判处五年徒刑

行政院鉴于目前国内情况特殊，公用事业维持不易，特颁布《加强处理窃电办法》，通饬全国切实办理。本市电厂为维护本身业务及地方公用，经派员加紧检查，最近查获窃电犯，交由厂法律顾问朱梅、杨昌炽两大律师，送请法院严办者，已有十数起之多。查窃电案，按照《刑法》及《加强处理窃电办法》之规定，有判处五年以下有期徒刑及追偿电费二年之可能。兹悉该厂，昨又查（察）觉县地方干训所窃用电流，计有电灯十六只，电炉二只（当时电炉正在煮水）。查电人员，当以干训所系属正己导人、为民楷模之场所，遂婉告迩来煤源困难之情形，请勿滥用电流。讵所内有穿草绿制服、项围氏巾、穿黑大衣者，竟于教育长室，啸集十余人，围殴查电人员致伤。县府主任秘书陈国梁据报后，颇为震怒。已传该所负责人讯问，对于肇事凶手，决定依法严办云。

（又讯）经济部以国内煤荒日益严重，为维持各地光明，以免停电影响治安起见，已过（通）令全国切实节用电，以省燃料。闻霓虹灯及电炉电灶，均在禁用之列。否则，除令以拆除没收外，并永远停止其用电权利。（图10–7）

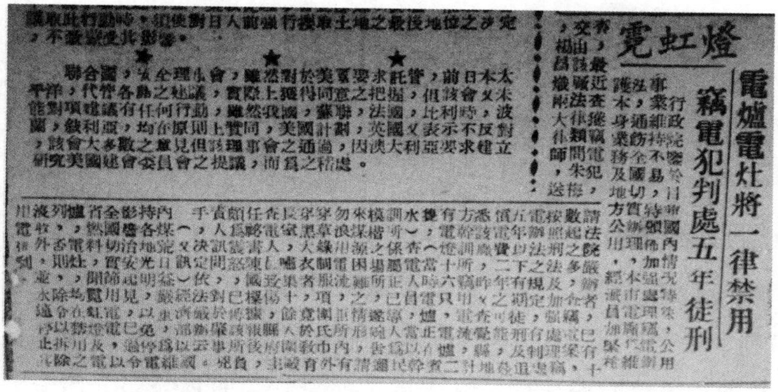

霓虹燈

電爐電灶將一律禁用

竊電犯判處五年徒刑

图10-7　霓虹灯电炉电灶将一律禁用　窃电犯判处五年徒刑

总经理沈嗣芳于1948年夏间，坚决辞职，挽留不获，改聘程士范继任。对于配煤、购油业务经济诸大端，多方争取，勉渡难关。[①]程士范，绩溪人，曾任淮南铁路修筑总工程师，1948年7月15日任职明远公司总经理，其间也意欲辞职，后经再三挽留，任职到1951年底。[②]解放前夕的芜湖，由于国民党苛捐杂税一再加重，物价飞涨，民不聊生。国民党为垂死挣扎，封锁长江，煤炭断绝，明远公司不得不四处高价收购煤炭，甚至用木柴、油饼替代煤炭，致使企业开支浩大，电费收不进，工人工资发不出。

据《芜湖市志》记载：1949年前，明远电厂燃煤供应无固定来源，在南京设有办事处，办理煤炭购运业务，以淮南煤为主，有时也采购山东煤和江西煤。一度原煤供应无着，曾以柴油助燃，烧劣质土窑煤，甚至用木柴作燃料。[③]

1949年初，明远公司又两次以全部资产向芜湖各银行、库、局抵押，借款法币36亿元及金圆券700万元，勉强维持生产。明远公司在

① 《明远概况》，第6页，芜湖市档案馆馆藏资料。

② 芜湖市地方志办公室编：《芜湖工业百年》，黄山书社2008年版，第50页。

③ 芜湖市地方志编纂委员会编：《芜湖市志》（下册），社会科学文献出版社1995年版，第233页。

苟延残喘中盼到了芜湖解放。①

第二节　凤凰涅槃

芜湖解放的第二天，市军管会即派解放军进厂组织工人纠察队护厂（图10-8），以防止国民党残余匪特破坏。第三天，其立即批拨煤炭30吨，解决了明远公司的燃眉之急，维持了发电。1949年5月10日，芜湖市人民政府成立。其先后三次贷款给明远公司，用于大修发电机组，使机组发电量恢复到1450千瓦。此后生产经营逐步正常。明远公司董事长召开了临时股东大会，讨论企业发展问题，各股东一致同意向政府申请公私合营。1951年12月20日，芜湖市财政经济委员会作为甲方与乙方私营明远电气公司签订协议，将水电两厂合并经营（自来水厂经军管会接收，为国有资产），改为公私合营明远水电股份有限公司。甲方以原贷款连同自来水厂全部固定资产作为公股投资，乙方以明远电气公司全部固定资产作为投资，于1952年1月1日起正式宣布合营，定名为芜湖市公私合营明远水电股份有限公司。②

图10-8　明远厂房

① 胡毓骅：《徽商吴兴周和芜湖明远公司》，《徽州社会科学》2013年第12期。

② 吴名骝、葛宗仁：《走历史的必由之路——记芜湖明远电厂的创建、遭遇、新生和发展》，第12页，芜湖市档案馆馆藏资料。

明远公司在芜湖市第一个实现了公私合营，公股占65.99%，私股占34.01%，这等于人民政府送来了及时雨。随着国民经济的逐步好转，国家投入资金也逐步加大，明远公司的供电能力和输配电线路改造发生了翻天覆地的变化，历史终于翻开崭新的一页。

1956年，芜湖市自来水供应告急，供不应求，这时如果继续与电厂在一起，已不适应社会主义工业生产体系的发展要求。经市人委（全称是“芜湖市人民委员会”）同意，水电两部分于1957年办理分厂交接手续。同年2月16日，明远电气公司电力部分改名为“公私合营芜湖明远电厂”。①

1958年5月，“大跃进”的热潮席卷全国，工农业生产的发展对电力供应提出了更高的要求。尽管原公私合营明远电厂革新挖潜满荷载出力，增加了35千伏输变电线路，但仍然满足不了芜湖地区工农业生产的用电需要，建设新电厂势在必行。

花开两朵，各表一枝。尽管新电厂取代明远电厂已成大势所趋，但明远电厂仍然在做着它的贡献：该厂一方面积极向市内外尤其是省内电业单位输送各类人才；另一方面在市郊办了一所技工学校，为后来的新电厂、芜湖供电局以及省内其他城市培养了一批技术人才。②为了适应用电需求，该厂还自行研制、制造变压器。

“建国（新中国成立）以后，芜湖供电公司机构多次变更（图10-9），但‘明远’的牌子始终没有丢，这不能不算是一个奇迹。这是对弘扬民族电力品牌的一大贡献。”中央电视台编导毓洪在摄制《百年明远》纪录片时这样说。

① 吴名骝、葛宗仁：《走历史的必由之路——记芜湖明远电厂的创建、遭遇、新生和发展》，第13页，芜湖市档案馆馆藏资料。

② 吴名骝、葛宗仁：《走历史的必由之路——记芜湖明远电厂的创建、遭遇、新生和发展》，第14页，芜湖市档案馆馆藏资料。

图10-9 皖南供电局大门

芜湖供电人秉承先辈的创业精神，披荆斩棘，艰苦奋斗，靠创新，突破了一个又一个难关。明远公司从一百一十多年前的2台125千瓦的小发电机，年发电量约50万度发展到如今供电量已达50亿度的中央企业先进集体。其无愧于“光明到永远”的寓意，无愧于一个崭新时代赋予的强国责任。

第三节 明远传承

芜湖人的“明远”情结可谓久矣。抗战胜利后，芜湖的北平镇就提出将日伪时期的“平章保”改名为“明远保”。[①]（图10-10）解放以后，这一带被称为“明远村”。随着一批职工宿舍及生活设施在此地落成，其又被命名为“明远新村”。明远电厂承载着明远的光荣，在解放后的第一个十年为芜湖人民作出了巨大的贡献。改革开放以来，芜湖人尤其是电业从业人员对于“明远”品牌的渴望更加强烈。

① 《关于北平镇平章保改名明远保的呈文及县府指令》，芜湖市档案馆馆藏资料。

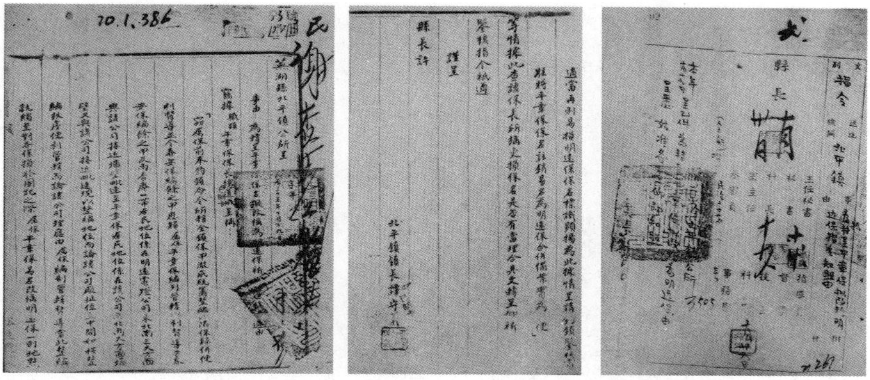

图 10-10　关于北平镇平章保改名明远保的呈文及县府指令

1996年12月，随着“明远电力宾馆”在明远新村挂牌营业。时隔三十多年以后，“明远”品牌再次展现在芜湖市民眼前。2006年6月，也就是“明远”品牌创立一百年的日子里，由芜湖电力实业总公司变更而来的芜湖明远集团公司正式挂牌。（图10-11）

图 10-11　明远集团

芜湖明远集团公司的前身，系1979年成立的为安置职工家属和城镇待业青年而成立的小集体企业，主要是围绕电力生产、供应从事多种经营，迄今已经历四十多年的发展历程。目前已发展的业务涵盖电力工程施工，承装、承修、承试电力设施业务，电力工程设计，电力设备、电线电缆制造和销售，供用电技术咨询、机器软硬件零售及售后服务，安全技术防范工程的设计、施工、建筑材料，化工产品（除化学危险品），电售，企业投资，物业管理服务（凭资质经营），汽车运输（仅限下属分支机构经营），汽车租赁、后勤保障等众多企业群体服务。

芜湖明远集团公司的多种经营，前后经历了四个发展阶段：第一个发展阶段从1979年起，芜湖供电局是以安置系统内职工家属和职工子女为需求的集体性质的企业。第二个发展阶段自1991年开始，一批生产经营实体相继建立，并逐渐走上正轨。为规范有序地发展多种经营业务，1993年5月成立了芜湖电力实业总公司。芜湖明远电力设备制造厂、芜湖明远电力宾馆和芜湖明远电线电缆厂相继建成投产。1998年12月，明远电力宾馆被命名为“旅游涉外宾馆”。1999年12月，企业顺利完成股份合作制改造。2002年，总公司销售收入突破3亿元，与1995年相比增长了10倍，并连续多年荣获省电力公司多经系统“最佳经济效益单位”称号。

第三个发展阶段为大发展时期。2003年，公司全面启动大发展战略。在全省首家完成电力安装企业整合，第一个获得承装（修、试）等级许可证。集团公司、电力设计院、电线电缆公司和电力设备制造公司成功改制，建立健全了现代企业制度，完善了法人治理机构，优化了资源配置，解决了资金、技术、设备等方面的问题。2005年6月，芜湖电力实业总公司变更为芜湖明远电力工程总公司。2006年6月，再次变更为芜湖明远集团公司。当年，“明远”品牌上榜为安徽省“十大自主品牌”。2007年，“明远”被省商务厅推荐申报“中华老字号”，并顺利通过商务部审查。

第四个发展阶段为战略发展期。自2008年以来，明远集团公司构建新一轮大发展蓝图。为进一步规范化管理、市场化运作、集团化运营，打造“百年明远”品牌，搭建一个良好的平台，公司已与奇瑞、华强等公司建立了战略合作关系，在江西、福建、山东、辽宁、山西、上海等省市建立了销售网络，与越南等海外市场建立了协作关系。2008年，明远商标被确定为“安徽省著名商标”。2009年，“明远”被评为“首届安徽十大强省品牌”。2012年，明远商标荣获“安徽省著名商标”。2013年，芜湖明远集团公司荣获“安徽省质量奖”。

明远集团公司下属的明远电器被认定为2008年国家火炬计划重点高新技术企业、安徽省高新技术企业，明远电器、明远电缆技术中心均被认定为省级企业技术中心。明远集团公司及其所属的单位先后荣获“安徽省劳动保障诚信示范单位”“安徽名牌产品”等一系列称号。

第四节　再创辉煌

近年来，明远集团公司对下属的分公司、子公司抓管理，促升级，招聘了一批高校毕业生充实生产一线，为企业发展储备人才。明远集团公司还从中高层岗位分流一批干部到基层深入一线精耕细作，强化市场运作能力，加快产业结构的调整，促进产品的升级换代，以适应芜湖市电力工业的迅速发展，为明远集团公司的加速发展创造良好环境。

随着电力监管力度的不断加强，市场竞争的不断加剧，明远集团公司清醒地认识到品牌优势是前人创造的，竞争的优势要靠自己把握。于是集团公司强化对分公司和子公司的领导和监管，采用行政管理与法人治理相结合，以行政管理为主，法人治理为辅的管理模式。一方面，通过财务委派和集团本部五个职能部门对接分、子公司实施管理，主要是协调、服务、指导和督查。另一方面，与董事会签订安全生产、目标经营、党风廉政、基础管理四项责任书，实施年终考核兑现。集团还通过对子公司董事会和监事会的监控协调，行使对子公司重大生产经营决策的决定权，这种监管与放手相结合的做法，有利于调动各方面的积极性，效果明显，适应了市场需求。总体来说，建安业是明远集团的主要利润来源之一，有一定的核心竞争力。制造业中，包括明远电器、明远电缆，已经全面进入市场竞争，绝大部分业务在外地。房地产业中，从2003年运作以来，先后独立或合作开发了芜湖“奥韵康城”“明园”项目，合肥“麦德龙”项目，还涉足了海南房地产项目。但是，明远集团的核心业务仍然是电力设计，施工安装和电力设备制造，这是企业可持续发展的优势和后劲，只要不断地创新、整合、升华，形成集团公司的核心能力，在市场经济大潮中发扬自强不息、锐意进取的明远精神，公司立足皖南，辐射全国将会不断取得辉煌佳绩。

芜湖供电人秉承明远创新之志，电力先行之责，不断开拓明远品牌的外延，广泛服务于社会。他们都见证了芜湖电力翻天覆地的变化，同时也高高地举起百年明远这杆民族品牌的大旗。

附录一 档海拾贝

联合银团、芜湖明远电气股份有限公司借款合同[①]

立合同

芜湖明远电气股份有限公司（在国民政府建设委员会注册并在国民政府实业部登记，总公司与工厂均设于安徽芜湖）（后文简称借户公司。此名称系包括其本身及继续人而言）

乾一企业银公司 中华劝工银行 浙江兴业银行 丁春之 李彦士 蒋琬生 严静波 沈馥庵公推乾一企业银公司为银团总代表，代表签订合同及以后交涉事项（后文简称联合银团。此名称对于股份有限公司系包括其本身及继续人而言，对于个人系包括其本身及后嗣或身后合法代表人而言）

缘借户公司设立发电厂于安徽芜湖地方，置有发电、配电、输电、用电设备并基地房屋、生财装修等财产，以供给全市电灯、电力、电热为营业范围。因偿还前安徽银行及零星货款之用，经民国二十三年五月二十三日临时股东大会议决，公推经理吴兴周全权代表与银团进行借款，以资整理一切厂务（临时股东会决议录见附件一），业经双方允洽。兹将议定本借款合同之条件开列如左（下）：

（一）借户公司愿于本合同签订时，将公司营业权（至民国……年

① 芜湖市档案馆馆藏资料。有删改。

止）及固定资产（见附件二）作为保证品。

（二）借户公司现以上开保证品为担保，向联合银团借到上海通用银质硬币（偿还时亦同）洋十五万元整（后文简称借款）。

（三）借款之利息按月九厘计算。此项利息由本合同签订日起，每满三个月之末日缴付一次，年付四次。

（四）本借款分五年偿还。第一、第二两年，只付利息不还本金；第三、第四、第五年，除照付利息外，每于年期满足时，偿还本金银五万元。

（五）借户公司为发展业务起见，应自借款成立日起，以书面委托乾一企业银公司技术合作委员会办理一切整顿改良事宜，并由借户公司董事会经联合银团之同意，函聘素负重望之电业专家为总经理，主持公司一切事务。

（六）借户公司在本合同期内或借款本利偿清以后，公司如须（需）继续举债，联合银团有优先投资之权。

（七）借户公司于本合同签订后，应由股东会追认并备呈，连同本合同副本分向建设委员会、安徽建设厅及地方政府备案存查。

（八）借户公司与银团如发生任何纠葛时，双方均认在签订及履行本合同地点解决之。

以上各条，均经借户公司、联合银团完全同意。爰立本合同一式七份。除联合银团、借户公司、（两名）见证人各执一份外，余三份用以分呈各官署备案。

中华民国二十三年五月二十九日签订于上海北京路垦业大楼乾一银公司。各造签字盖章于左（下）：

芜湖明远电气股份有限公司

芜湖明远电气股份有限公司董事会代表 吴兴周

芜湖明远电气股份有限公司董事兼经理 吴兴周

见证会计师 于怀仁

乾一企业银公司代表 庄仲文 李彦士

见证律师 陈宗敏

计附

（一）民国二十三年五月二十三日股东会决议录

（二）财产目录（民国二十三年二月十三日止）（图11–1）

图11–1 借款合同封面

芜湖明远电气公司胜利复员后第一次股东大会节录①

时间：（民国）三十六年六月八日下午二时

地点：本公司大礼堂

出席者：二六六户，计二万零一百五十五权（另详股东签到簿）

主席：黄梦飞

记录：张子墨 完秉礼

甲、报告事项（略）

乙、讨论事项

一、调整资金案

决议：调整方案通过，交下届董事会负责办理

方案录左（下）：

兹依照《工矿运输事业重估固定资产价值调整资本办法》之规定，将本公司在（全面）抗战前所置各项固定资产，委请中国全国民营电气事业协会会计顾问于怀仁会计师加以重行（新）估价，调整资本，其方案如左（下）：

（一）本公司资本总额，原定为国币一百万元，除旧股五十万元已注册在案外，新增资本五十万元正在办理。适逢（全面）抗战事发，未能完全收足。截止（民国）二十六年沦陷时止，计收到新股计国币十九万三千六百十一元五角六分。呈报前实业部者，为十九万一千六百六十元。

（二）应缴未缴股款国币三十万零六千三百八十八元四角四分，由三十五年盈余项下“股东应得部分”拨出三十万零六千三百八十八元四角四分，按照战前所持股份比例分配，抵缴股款，俾一百万元增资原案得能完成。

① 芜湖市档案馆馆藏资料。有删改。

（三）固定资产增值计国币十四亿七千万元，以老股四万股每股二十五元比例分配，每老股一元得给新股国币一千四百七十元。

（四）依法应增缴现金新股，照增额五分之一。惟为合成整数起见，拟增现金新股三亿二千九百万元；老股以一百万元计，每老股一元得认缴新股国币三百二十九元，限于本年八月三十日前，尽先由各老股认缴。逾限不足，由董事会负责募足之。

（五）以上资本原额一百万元，资产增值十四亿七千万元，添增现金新股三亿二千九百万元，三共计资本总额为国币十八亿元，以后每股金额拟改为五千万元。

以上各项，是否有当，应请股东大会公决。（图 11-2）

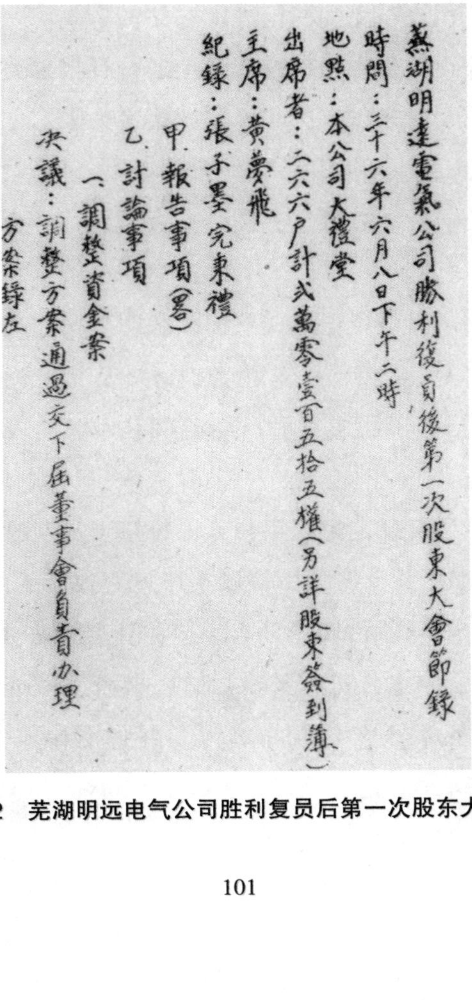

蕪湖明遠電氣公司勝利復員後第一次股東大會節錄

時間：三十六年六月八日下午二時

地點：本公司大禮堂

出席者：二六六戶計弍萬零壹百五拾五權（另詳股東簽到簿）

主席：黃夢飛

紀錄：張子墨 完東禮

甲、報告事項（畧）

乙、討論事項

一、調整資金案

決議：調整方案通過交下屆董事會負責办理

方案録左

图 11-2　芜湖明远电气公司胜利复员后第一次股东大会节录

芜湖明远电气股份有限公司章程[①]

第一章 总则

第一条 本公司遵照电气事业法规暨公司法股份有限公司之规定，组织之定名为芜湖明远电气股份有限公司，呈请经济部核准登记。

第二条 本公司经营电灯、电热、电力事业，以芜湖城厢内外为营业区域。

第三条 本公司营业年限，自呈准登记之日起，定为三十年，期满经股东会之决议，呈请主管部门核准延展之。

第四条 本公司设于芜湖西门外大马路。

第五条 本公司公告方法以登载当地通行日报并通函为之。

第六条 本公司股东以有中华民国国籍者为限。

第二章 股份

第一条 本公司资本总额定为国币一百万元，分为四万股，每股国币二十五元，一次收足。

第二条 本公司股票用记名式票面，载明公司之名称，设立登记之年月日，股数及每股金额，股东姓名、籍贯及其出资额，发给股票之年月日。发息表格印于股票背面。经董事五人以上署名盖章，加盖公司图记、编号发行之。

第三条 本公司股息定为当年一分，每年于定期股东会后，凭股票支取之。但营业如无盈余时，不得以本作息。

第四条 股东如将股份转让他人，应由让受双方签署过户声（申）请书，连同股票，向本公司声（申）请过户。经公司认可后，将受让人之姓名、住所记载于公司股东名簿，并将受让人之姓名记载于股票，方生效力。

① 芜湖市档案馆馆藏资料。有删改。

第五条 股东股票遇有遗失、毁灭时，应由本人登载失灭地之通行日报声明作废，并即报明本公司挂失。经过三个月，并无纠葛发生，得邀同股实铺保，连同报纸，向本公司声（申）请补给新股票。

第六条 股东声（申）请过户、换发股票及挂失，应缴纳公司规定之过户费及印纸费，并应贴之印花税费。

第三章 股东会

第一条 本公司股东会分为常会、临时会两种。常会于每年总决算后三个月内，由董事会召集之。临时会由董事会或监察人或有股份总数二十分之一以上之股东认为必要时，得临时由董事会依法召集之。

第二条 股东常会于开会一个月前、临时会于开会前十五日前通知股东，并公告之。于公告开会期内，停止股票过户。

第三条 本公司各股东，每股有一表决权。股东因事不能出席股东会时，得委代理人出席股东会，惟应出具委托书。

第四条 股东会之决议，除公司法另有规定外，应有代表股份总数过半数之股东出席。以出席股东表决权过半数之同意行之。股东会开会时，以董事长任主席。董事长缺席时，由副董事长代之。

第四章 董事、监察人及职员

第一条 本公司设董事九人，监察二人，由股东会于股东内用双记名连选法票选之，董事任期三年，监察人任期一年，连选均得连任。

第二条 董事应组织董事会，互选正、副董事长各一人，常务董事三人，董事会办事细则另订之。

第三条 董事会之决议，应有过半数董事之出席。经出席董事过半数之同意行之可否，同数时取决于主席。

第四条 董事缺席时，得委托其他董事代理职务。董事缺额达总数三分之一时，应即召集股东临时会补选之。董事缺额，未及补选而有必要时，得以原选次多数之被选人代行职务。

第五条 监察人除依法行使监察人职权外，得列席董事会陈述意见，惟无表决权。

第六条 本公司设经理一人，副经理一人，会计室主任一人，由董事会选任之，任期为三年，连选均得连任。其他职员由经理、副经理任免之。本公司应另订办事规程，以资遵守。

第五章 会计

第一条 本公司以国历一月一日至十二月三十一日为一会计年度。账目应按月结算一次，按年总结一次，委请会计师加以审查。

第二条 董事应于定期股东会前，将左（下）列各项表册交监察人审查后，提请股东会追认。

一、营业报告书；

二、资产负债表；

三、损益表；

四、财产目录；

五、盈余分配之议案。

第三条 本公司年终总结如有盈余，应先提十分之一为法定公积金，再提应纳之税款及股息，如再有余，作一百成，分配于左（下）：

一、股东红利六十五成；

二、董事、监察人酬劳十二成；

三、正、副经理酬劳五成；

四、职工奖励十八成。

第六章 附则

第一条 本章程经股东会通过，呈请经济部核准施行，修改时亦同。

第二条 本章程如有未尽事宜，悉照《公司法》办理。

第三条 本章程于民国三十六年六月八日，经股东常会修正通过。（图 11–3）

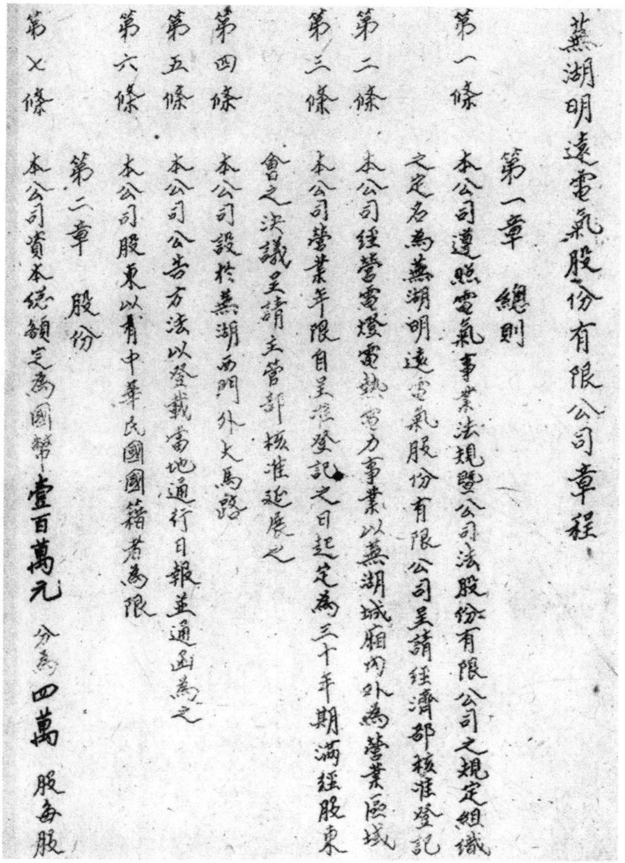
蕪湖明遠電氣股份有限公司章程

第一章 總則

第一條 本公司遵照電氣事業法規暨公司法股份有限公司之規定組織之定名為蕪湖明遠電氣股份有限公司呈請經濟部核准登記

第二條 本公司經營電燈電熱電力事業以蕪湖城廂內外為營業區域

第三條 本公司營業年限自呈准登記之日起定為三十年期滿經股東會之決議呈請主管部核准延展之

第四條 本公司設於蕪湖西門外大馬路

第五條 本公司公告方法以登載當地通行日報並通函為之

第六條 本公司股東以有中華民國國籍者為限

第二章 股份

第七條 本公司資本總額定為國幣壹百萬元分為四萬股每股

图 11-3 芜湖明远电气股份有限公司章程

明远电气公司梗概[1]

——这是民营事业苦斗的缩影

生长在安徽这个省份的人，总会感到安徽是个多落后的地方，无论在工业建设或文化建设方面，都比不上邻省。这并不是安徽的先天条件不足，而是这片处女地没有人去开拓。

建设一个工业的安徽，是中山先生实业计划的重要部分，但建国（指民国）已三十五个年头了，除了“桃冲”铁矿和“淮南”煤矿以外，便没有什么足资称道的工业，芜湖的裕中纱厂和明远电气公司，要算是安徽硕果仅存的民营企业了。

我们现在先谈谈明远电气公司吧。

一、创办艰巨

“明远”的创立，远在清光绪末年，由吴兴周、周协恭所创办。那时候，社会风气异常闭塞，一般人的思想均极保守，同时西方资本主义还没有渗透到内地，除了比较进步的人士以外，谁不认为坐在家里收收租稻最安稳，谁还愿意尽心思，搞什么电气公司这劳什子。

当时，因为赞助的人少，所以阻力便大，成立的条件便须用刻苦的精神去创造。这样，一直到大烟囱开始冒烟，创办人才得到了一点安慰和休息。

二、几遭夭折

开始发电的最大容量，是三百三十开唯爱，高电压二千三百伏尔脱。因为初办，用户用霸王电多，结算的时候总是亏空，入不敷出，很多意志动摇的股东，便由此仳离。因为股东团结力量涣散，情形要比开办筹股时还要恶劣，可以说是“明远”成长中的第一次厄运，是

① 芜湖市档案馆馆藏资料，新中国成立前的剪报，发表日期不详。有删改。

最难度得过的阶段。

三、逐步改善

度过了这个阶段以后，情形便渐回好转了。渐渐地买了部德国西门子厂造的透平机，发电容量增加了，用户也多起来，到民国二十一年，便组织了观光团到京、沪、杭各地参观发电设备及其组织管理，亟谋改善本身业务的发展。经过两年多的努力，发电容量便增加到二千七百开唯爱，高电压增加到六千六百伏尔脱，将市内各电压缆埋在地下，和市外架空线相接，结果一个高压圈，而把高压电缆和低压线分开，以谋市区安全。但那时电话线都架在电灯柱上，当铅丝落下时，很（经）常发生触电伤人等事。直到民国二十五年交通部另架电话线以后，这情形才有了改善。

四、战时损失

在全市建筑电站，这是从民国二十三年起，为便利马达用电的。否则，如果到今天，纱厂、面粉厂、碾米厂还用锅炉引擎的话，这非但增加了工商业的成本，而且限制了发展。

但听来也令人痛心得很，当“明远”成长起来而有了发展的时候，日本（全面）侵略的炮声便响了起来。八年以来，“明远”和芜湖人隔别了，那部西门子厂的“透平机”，无代价地给敌寇占用了八年，被侮辱了八年，并且一只“透平浆”损坏了，如果一不小心的时候，也许随时随地都可使发电成问题的。胜利了，古老的中国必须一步步向工业化现代化爬去。担负着苏浙皖联合电网重要一环的“明远”，必须完成伟大的工业安徽的使命，有个伟大的命运等待着它。

但现在的“明远”还在经济部接管之中，“准令发还”的支票，到什么时候兑现也难说，“复员”是一条艰难的道路，“明远”其勉乎哉！（椿）（图11–4）

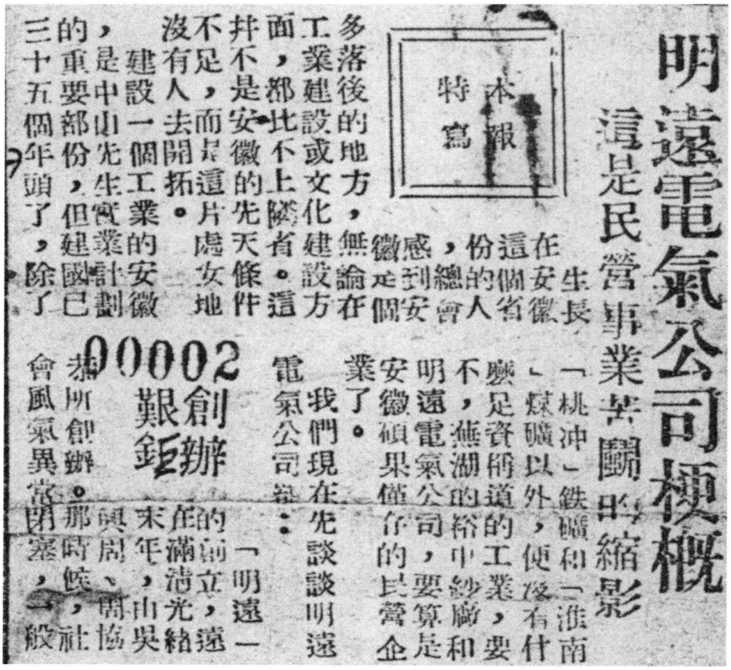

明遠電氣公司梗概

這是民營事業苦鬪的縮影

本報特寫

生長在安徽這個省份的人，總會感到安徽是個多落後的地方，無論在工業建設或文化建設方面，都比不上隣省。這并不是安徽的先天條件不足，而是這片處女地沒有人去開拓。建設一個工業的安徽，是中山先生實業計劃的重要部份，但建國已三十五個年頭了，除了「桃冲」鐵礦和「淮南」煤礦以外，便沒有什麼足資稱道的工業，要不，蕪湖的裕中紗廠和明遠電氣公司，要算是安徽碩果僅存的民營企業了。我們現在先談談明遠電氣公司經：

00002

創辦艱鉅

「明遠」的創立，遠在滿清光緒末年，由吳興周、開協集所創辦。那時候，社會風氣異常閉塞，一般

图 11-4　明远电气公司梗概——这是民营事业苦斗的缩影

明远概况[①]

芜湖，号称皖南重镇，又为米麦杂粮和各种土产集散地。然就其社会情况观察，仍不失为旧式都市。过去商业墨守成规，工业落后，市容亦欠齐整，殆无可讳言。

独电灯一项，成立于光绪三十四年，为扬子江流域华人自办电厂之先锋。创办人吴兴周，初与人合营广货业（宝兴京广货店），嗣受新思潮冲动，感觉是项商品属于奢侈居多，非实业可比。因集合同志，发起明远电灯公司。自动抽调一部分经营广货业之股本，移作电厂投资，以示号召。同时获得绩溪程氏兄弟暨周淑培、黄佩之、胡应莲、六安吴竹溪诸人同情，首先响应。以及六安、合肥、至德、青阳、石埭、徽宁暨本市诸维新人士，先后赞助附股。原始招募股本二七银十万两，从事置地建厂、购运机器。迨至装竣送电，总容量仅三百三十开唯爱。创立会推定吴兴周任经理。惟当时风气未开，用户奇少。初开半夜灯，继开全夜，但收入短绌，不敷开支。不得已向大清银行举债维持。一面与同丰米厂订立专线输送电力契约，希望弥补亏耗，此为本市推销电力之始基。然债务到期仍无法清偿。银行方面控于官厅，要求执业抵偿债务。吴经理据理抗争，坚决不接受。延至民国元年，始达到分期止利还本目的。公司债务负担骤减，厂产赖以保全。从此营业渐入正轨，年有盈余，最高曾发过周息八厘，红利称是。

迨民国十四五年间，电气供不敷求，增机迫不及待，爰提用逐年公积金及余利二七银七万两，另由股东增加新股三万两，合成十万两，升值为银币二十五万元；原股十万两，亦升为二十五万元，合共为股本五十万元。益以短期债款，添购八零零开唯爱透平发电机一

① 芜湖市档案馆馆藏资料。有删改。

座，连锅炉及其他配备。装竣以后，电荒虽暂告解决，然民国十七年秋间，触电伤毙人命之新危（威）胁突然来袭，异常严重。盖因当时电话有五百余用户，道路多未放宽，明线密如蛛网，高于（路）灯线或与高低压电线交叉，大风暴雨，话线易断，引灯电下垂，倘触及行人，即有生命危险，以致触电命案，年必数起。民国二十年大水为灾，潮湿最易引电，肇祸至数十次之多。本厂损失不赀，复受社会责备。爰与电话局交涉，促其局部改用架空电缆。一面举债，并将第四、五、六、七、八届应付股息十九万一千六百元移充新股，作为发电、配电两部分彻底改革之需，增购一九二零开唯爱发电机，全部配电，部分将二千三百伏尔脱升高为六千六百伏尔脱，绕走市外，支以钢骨水泥柱，俾臻坚固。市内高压改埋地下电缆，以减少触电危（威）胁。上年大水为灾，与民国二十二年相差不远，幸无走电伤人情事，足为技术战胜天灾之证。

以八零零开唯爱电机开始服务于民国十八年夏间，每天工作十二小时，一九二零开唯爱电机启用于民国二十一年秋间。民国二十三年夏，两机轮流运转，实行日夜送电。选择市中心区及纱厂、面粉厂、碾米厂、火柴厂附近地点（火柴厂亦吴兴周手创，完全商办）建造较大电站，以便利电力用户，并一律改装电表。在此过程中，建设虽告完备，债台又复高筑，所该安徽银行债款本利近二十万元，追索甚急，一再延期，无法兑付。

旋经股东会议决，向乾一银公司签订十五万元债款契约，偿还上开债务。以技术合作、整顿业务为附件，吴兴周自动让经理权于（乾一）银公司代表人李彦士，而专任董事长职务，另推周协恭、庄君严为副经理。民国二十五年春间，李氏（彦士）病故，改聘沈嗣芳为总经理，业务渐有起色。民国二十六年冬，抗战军兴，敌军犯芜，董事会率员工忍痛撤退，厂产被敌占用。吴董事长以积劳病倒。

胜利后，经继任董事长黄梦飞，常务董事周协恭、刘泮桥等奔走呼吁，毅力交涉，于民国三十五年秋间收回复业，仍请沈嗣芳为总经理。复业以后，董事会与经理室紧密联系，对于八年来敌占时代“只损不修，只用不养”之机器、线路、房屋分别修建，并酌发股息，银团债款全数抽还，方谓暂告喘息。乃煤源枯竭，影响全市光明。设法搭燃柴油，勉维现状。沈总经理于民国三十七年夏间，坚决辞职。挽留不获，改聘程士范继任。对于配煤、购油业务经济诸大端，多方争取，勉渡难关。

解放后，经人民政府大力扶助，指派彭公用部长清、陈职工部长定一负责领导改革。董事会与经理部、工会打成一片，各科室加紧学习，努力工作，情况可就不同以前，消耗变为生产。以前公然窃电、接电的现象现已匿迹，而且人民政府和军警及各机构领导节约用电，实行自我付费，树立良好作风。这样使电厂减轻损失，以产生的电供给全市工厂与光明的正用，无形中不啻增加一架小型发电机的生产十足收到的电费。同时事业费减少，工作效率推动如常。是以革命精神来部署事业，值得大众钦佩。截至目前，发电总容量为二千一百六十千瓦，锅炉根本大修，线路亦已择要整理，日夜供电不成问题。本年为最艰苦之一年，电业盛衰又与工商业荣枯互相呼应，甚愿全厂员工，共负艰巨，响应政府增产号召，为缔造新芜湖而努力。（图11–5）

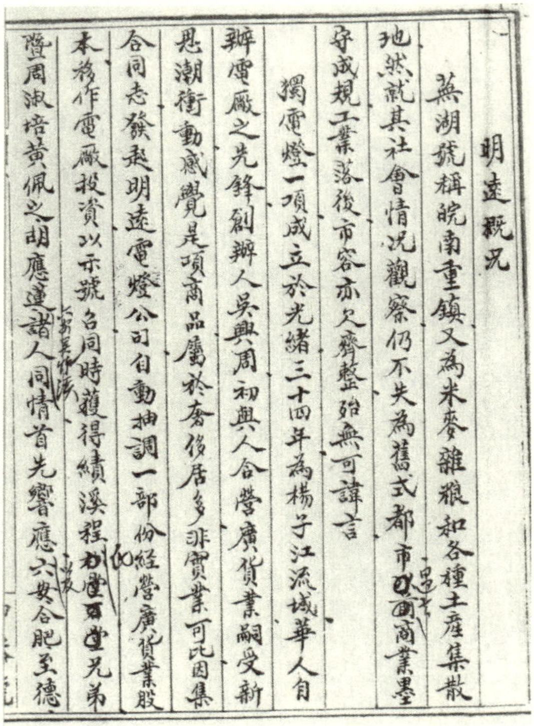

明遠概況

蕪湖號稱皖南重鎮又為米麥雜糧和各種土產集散地然就其社會情況觀察仍不失為舊式都市商業墨守成規工業落後市容亦欠齊整殆無可諱言

獨電燈一項成立於光緒三十四年為楊子江流域華人自辦電廠之先鋒創辦人吳興周初與人合營廣貨業嗣受新思潮衝動感覺是項商品屬於奢侈居多非實業可比因集合同志發起明遠電燈公司自動抽調一部份經營廣貨業股本移作電廠投資以示號召同時獲得績溪程兄弟暨周淑培黃佩之胡應蓮諸人同情首先響應六安合肥至德

图 11-5　明远概况

明远电厂四十年回忆与今后展望（摘录）[①]

郑又新谨述

（一九五二年五月）

一、本厂略历

芜湖过去只是米粮集散地，社会那么陈旧，工商业也不甚发达。本厂就在这样的环境中慢慢地成长，足有四十余年历史，是扬子江流域华人自办电厂最早的一个。创办人吴兴周等初招股份漕平银十二万两，开始经营，以后逐渐增资，发电量由三百三十千瓦遽增至二千一百六十千瓦，其他内外设备称足。始创虽在帝国主义气焰猖狂之际，但本厂原始招股章程第四节却明确规定："本公司股份均招自中国人，不收洋股。如有抵押转卖，查非中国人，即将该股票作废，股份充公"，并附印于股票反面，与一般仅规定"股东以本国籍为限"比较硬性而具体，值得追述。

当时风气未开，送电区域仅马路、长街一部分，电表用户二十余，普通用户以二十五支烛光为本位，按盏计算，分通夜、半夜两种，供过于求，入不敷出，举债维持。民国元年后遭水灾，濒于破产。民国三年才复好转，用户渐增。复与同丰机器碾米厂订立输送电力契约，接近供求平衡，勉渡难关。民国六年以后，转入小康时期，究非正常发展。因为一般人对于电气事业重要性认识不够，只是用来点缀门面，更不晓得与国计民生有关，因此电力无法推广。这一阶段中，瑕瑜互见。

到了民国十六年以后，窃电案件剧增，又由小康转入苦难。从那时起，所谓机关、团体、部队什九（即十分之九——编者注）点霸王电（在广东、武汉成一名词，即不付电费。芜湖也难例外——作者原

① 芜湖市档案馆馆藏资料。有删改。

注），他们自装自接，或喊你去接。当你去收费或调查时，门岗上会阻止（你）入内，否则还会挨骂挨打。厂方如用书面通知他们，主管也会装聋作哑。叫你派人向会计室去收，但岗位（应是“门岗”）还是不让你进去，或回绝说上面不让付。因此，本厂受尽恶势力压迫，透不过气来。民国二十三年以后，厂务改善，供电充足，实行电表制，业务稍有转机。民国二十六年间，抗战（指全面抗战）军兴，员工撤退。敌占期间，只用不养，有损无修。胜利后，由董事会向政府交涉。经过艰难奋斗，收回自办，但又受恶势力蹂躏，滥用电流，变本加厉，甚至两机并开，还要分区停电，真是“只许州官放火，不许百姓点灯”。民国三十七年，配煤日减，又遭水患。沈总经理坚辞而去。聘由程士范先生继任。为了保全厂产，一面争取配煤，一面收购杂煤和柴油，来补充燃料，维持光明。然伪币一再贬值，煤价狂涨，有如渴骥奔泉。电价未能（按）比例调整，核准需时，犹如牛步。加之金圆券发行，本厂账务上遭受空前损失，几难维持。解放后，才吐出苦水，进入光荣的建设坦途。

二、意外灾害

触电（毙命）事件，发生于民国十七年九月十四日（简称“九一四”）。民国二十年淹水期内，最为严重。至民国二十二年，新工程全部完成，方告消弭。独亏媒体调查，却是一根电话线，而非直接触及缆线。从“九一四”起，发生同类触电毙命事件，竟达数十次之多，均须给以相当抚恤费。有一次，引起群众愤怒，涌至电话局责难，该局恃部办护符，蒙称“话线电弱，不会伤人”，逃避责任。本厂委我为代表，赴南京交通部交涉。部方也根据“话线电弱，不会伤人”和“南京、上海皆有明线，鲜闻肇祸”为理由，拒绝本厂“双方同时改革”的建议。经口头驳复：一、京沪虽有明线，但用的是铜线或镀镍钢丝，拉力较强；二、它们干线全用一百对以上、五十对以下

（的）电话缆，分线始用铜线钢丝，且低于电厂线路，根本强弱电绝缘。继以书面郑重声明：芜（湖电话）局有五百余用户，街道狭隘，马路、二街交叉点（电）话线高于（路）灯线多至二三十档，不合规格。每遇风暴，纷纷坠落。假使落于（路）灯线上，传电至另一头中断及地（电）话线，触及行人脑部或其他要害，即有立刻毙命危险。尤以劳动人民为多（他们缺乏雨衣帽、雨具，通体淋漓，更易触电——作者原注）。这样（的）危险程度，决非一方面所能解除，责任属于（电）话局。并提出密如蛛网的交叉点（电）话线摄影及其锈线。赤裸裸活生生的事实摆在面前，他们才允许俟查明订出计划，与本厂同时改革。

民国十七年以前，重大事故也有五次：一、某晚电机忽停，老轨奔告“代那模”烧掉，机房内果闻线圈烧坏气味。查究原因，“立式引擎”配更烧毁，电机无恙。二、永平里变压器深夜走电，电力增高，连接用户电告“铜床发麻，灯线灼火”，立采紧急措施，拉断开关。三、锅炉水表不灵，炉底烧干下脱。四、马路二千三百“伏尔脱”高压线忽然中断拖地。五、锅炉部分八寸水汀管新接闷头炸通。

以上，除第一项事故不大，一场虚惊外，其余四项，危险很大，系属于人为的技术麻痹、粗枝大叶、管理疏忽所致。如果抢救动作稍迟，立肇巨祸。前事不忘，后事之师，书此以提高警惕。（图 11-6）

明遠電廠四十年回憶與今後展望

鄭文新謹述 一九五二年五月

（一）本廠略歷

蕪湖過去祇是米糧集散地，社會非常陳舊，工商業也不甚發達，本廠祇在這樣環境中慢慢地長成，已有四十餘年歷史，是揚子江流域華人自辦電廠最早的一個。創辦人吳興周先生等邀約招股份，當年「計」銀十二萬兩，開始經營，以後逐漸增資，發電量由三百二十瓩遞增至二千一百六十瓩，其他內外設備稱是。始創雖在帝國主義氣燄猖狂之際，但本廠原始招股章程第四節，即明白規定：「本公司股份均招自中國人，不收洋股，如有抵押轉賣，查非中國人即將該股票作廢，股份充公。」並附印於股票反面，較一般僅規定「股東以本國籍為限」比較硬性而具體，值得追述。

當時風氣未開，送電區域僅為路長街一部份，電表用戶二十餘，普通用戶以二十五枝燭光為本位，按盞計算，分通夜半夜兩種，供過於求，入不敷出，舉債維持，民元復遭水災，瀕於破產，民三才度好轉，用戶漸增，復與同豐機器碾米廠訂立輸送電力契約，接近供求平衡，勉渡難關，民六以後，轉入小康時期，究非正常發展，因為一般人對於電氣事業重要性認識不夠，祇是用來點綴門面，更不曉得和國計民生有關，因此電力無法推廣，這一階段中，

图11-6　明远电厂四十年回忆与今后展望

请问水电厂！[①]

（问）每日（信）箱主编先生鉴：我是碾米厂的伙计。这些日子变化太多了，最初因为交通关系，食粮来源不畅，使我们的碾米机形同废物。后来，米能来了，并且来得很多。但机器仍然是形同废物。原因是电源不继，机器不能开动。承揽下来的米，堆积如山。本厂的米也闹得无处摆。可是，关乎电力的费用，却不减往昔，甚至超过鬼子时（的）代价。敝厂除了照付电费外，对主顾的信用完全失掉。请问先生，电力什么时候才能复原？（李金拜）

（答）李金君鉴：你所提问的事，恰好是大家共同关心的事。除了碾米机需要电力，还有若干的地方非电不可。譬如电报收发，日报馆的夜间工作，印刷机的开动，以及面粉厂、染织厂等等，凡是有马达的地方，都为电力发愁。关于这些，据说煤源缺乏是主要原因。然而，有人也曾无意看见，无人住的地方，电灯在电来时亮、电去时熄，自来水龙头一直在寂寞地流。诸如此类的事，都是水电厂和我们人民一致表示遗憾的地方。据闻煤源已日渐通畅，水电的管理当然也不能永远如此。假设煤源充足，再没有电，那就值得你见怪了。因为人都是喜欢光明的。如果你再不明白，请问水电厂！（纯楷答）（图11–7）

① 《中江晚报》1946年1月7日，芜湖市档案馆馆藏资料。有删改。

請問水電廠！

（六）日下午，隨同主席返燕，后今晨復隨從主席赴京，約一二日方可返燕云。

每日信箱 有問必答

（問）每日信箱主編先生鑒：我是碾米廠的夥計，僅些日子變化太多了，最初因爲交通關係，食糧來源不暢，使我們的碾米機形同廢物，後來，米能來了，并且來得很多，但，機器仍然是形同廢物，原因是電源不穩，機器不能開動，承攬下來的米、堆積如山，本廠的米也鬧得無處擺，可是關乎電力的費用卻不減往昔，甚至於超過鬼子時代，僱客除了照付電費外，可是對主顧的信用完全失掉，出廠偏減，損失不貲，請問先生，電力什麼時候才能恢復了？

李金鑒

（答）李金鑒：你所提問的事恰好是大家共同關心的事，除了碾米機需要電力，還有若干若干的地方非電不可，譬如：電報收發日報館的夜間工作，印刷機的開動，以及麵粉廠，染織廠、等等凡是有馬達的地方，都爲電力發愁，關於這些一點，擺脫煤的缺乏是主要原因，然而，有人也曾無意看見，無人住的地方，電燈在電來時亮，電去時熄，自來水龍頭一直在……寬的流，諸如此類的事，都是水電廠和我們人民一致表示遺憾的地方，據聞煤源已日漸通暢，水電的管理當然也不能永遠如此，假設——煤充足，再沒有電，那就值得你見怪了，因爲人都是喜歡光明的，如果再不明白，請問水電廠！你（純楷答）

車船時刻一覽表

輪船

图 11-7　请问水电厂！

煤价涨维持难 电厂催缴电费[①]

——加强检查窃电严予法办

经济部燃料管理委员会近又公布，自本月份起，配给煤价再涨百分之八十。各地电厂获悉，莫不大起恐慌。京沪沿线各大电厂，已纷请政府设法救济。本市明远电厂，因配煤价涨，垫本倍增，经济周转更感困难，日来正多方设法，以资维持。闻该厂鉴于来日方长，此后维持将更不易，对于业务方面，已决定（采取）两项紧急措施：（一）提高用电道德。加强检查窃电，取缔使用电炉电灶，如经查获，除根据处理窃电规则拆除并没收其全部电气材料外，一律送请法院依法严办，决不宽容。闻上次查获金某林、王某龄等窃电案件，地院已定期传讯。此外并告知五金电料公会，转知各电器商店，停止出售电炉，及劝告商店停用广告灯，以节电流。而有燃煤，俾维全市之光明。（二）加紧催缴电费。欠费用户一律照章剪火，决不通融。剪火后缴清欠费要求复火者，须三天后方予办理。如复火后下月仍欠电费者，则停电拆表，永远取消其用电权。以上两项办法，已开始实施。至于军人用电，除照章优待外，该厂已奉有关军事机关电示，亦照上列规定办理。（图11–8）

电廠警戒
防範破壞
煤價漲維持難
電廠催繳電費
無違農時！
推廣春耕
省府規定十二項辦法

图11–8　煤价涨维持难 电厂催缴电费资料——加强检查窃电严予法办

① 《中央日报 · 安徽增刊》1947年3月18日，芜湖市档案馆馆藏资料。有删改。

电厂检查机件 重定分区停电①

——电厂已通知本市各用户

芜湖明远电气公司，顷以该公司自被敌人侵营，以至胜利复员，迄今一年有余，所有发电设备，始终运用，未加修整。兹为保障机件安全，及维持永久光明起见，特遵照规定，实施年度检查，预计全部工作自二月十四日起至二月二十四日止，可以完成。在此检查期间，暂行分区停电。现将停电区域及时间通告各用户：每晚五时至十一时为停电时间。十四日、十七日、二十日、廿三日，停电地区为赭山、环塘路、中河沿、中二街、上二街、国货路等地；十五日、十八日、廿一日，停电地区为西内街、北平东路等地；十六日、十九日、廿二日，停电地区为新市口、吉和街、公署路、劳工路、吉祥寺等地。

① 《中央日报·安徽增刊》1948年2月16日，芜湖市档案馆馆藏资料。有删改。

附录二　志林撷英

《安徽省志·电力工业志》之“芜湖明远电灯公司”[①]

芜湖地处江南水乡，古为全国“四大米市”之一。安徽省的面粉、纺织、火柴业均在该市率先创立。

1904年6月26日《中外日报》报道：芜湖近有某绅拟招股一万五千金，在此间创一电灯公司，刻已集有八十股，计银八千金。一俟股份集齐，即当禀请地方官立案，购机先行试办云。嗣后，由徽州、芜湖、合肥、六安等地的一些商贾富户，首期集漕平银12万两（每股10两），于1906年正式创立芜湖明远电灯股份有限公司。（《安徽近现代史辞典》记载：该公司由程少周、张性存发起创办）职工20余人，程宝珍首任总理（董事长），吴兴周首任经理，选择芜湖西门外下十五里铺为厂址（今芜湖供电局所在地），征地1.3万多平方米，安装200马力蒸汽机及125千瓦三相交流发电机各2台，于1908年10月投产发电。同年4月，奉准清政府农工商部注册立案，以“黑白月亮”为商标。

1925年、1928年，公司再次集资国币50万元和19万元，先后安装德国制640千瓦及1520千瓦汽轮发电机组各1台，厂房设计、设备

① 安徽省地方志编纂委员会编：《安徽省志·电力工业志》，安徽人民出版社1993年版，第18页。有删改。

安装均由德国西门子洋行工程师罗史、门鲁、培路等人承包。1929年，易名为明远电气股份有限公司，装机容量居全省之首，解放前夕降居全省第二位。

明远电气公司时有亏盈，迫于偿还西门子公司设备款，于1934年，产权曾抵押给上海联合银团。日本全面侵华期间，被日伪“华中水电公司”占有。抗日战争胜利后，国民政府经济部和安徽省建设厅争相接收，几经周折，虽于1946年10月归还民营，但已百孔千疮。

解放后进行恢复性大修，1952年成为芜湖第一家公私合营企业，有职工246人。次年，经马鞍山与苏南电网相连，结束了孤立供电的历史，并与自来水厂合而又分，后称明远电厂。最高年发电量为1959年0.17亿度，发、供电标准煤耗率最低是1958年，分别为900克/度、942克/度。芜湖四褐山另建新厂后，明远电厂于1961年停止运行，1966年，发电设备调拨给内蒙古自治区磴口电厂。

《安徽省志·电力工业志》之“芜湖市区供电”[①]

1908年10月，芜湖私营明远电灯股份有限公司2台125千瓦发电机组建成发电，以2.3千伏电压直接对市区供电，供大马路（今中山路）和长街一带照明。1925年和1928年，两次扩建，发电设备容量增至2410千瓦，居全省之首。1929至1931年，新建配电站14个。高压配电线，除1、2号配电站和水泵房仍保留2.3千伏电压外，均升压为6.6千伏运行。经过闹市的路段，改设地下电缆。其余路段的架空线用钢筋混凝土杆转角，重要地段用铁塔转角。低压线路大部分采用方松木、圆木为电杆。配电站变压器的主线圈侧，装有自动开关，以时限过载继电器控制；副线圈侧，分路装有自动开关。配电站内还装有自动时间开关，控制市区路灯。城市配电网为环形，配电站因线路故障停电时，可改由另一线路供电，成为“全国二等电厂之最完备者”。1934年，全市有室内配电站15个，变压器22台，总容量5500千伏安；高压配电线25公里，低压配电线65公里。此后，明远公司因负债过多，又遭日本侵略者洗劫，元气大伤，芜湖电业处于停滞状态。到1949年解放时，因发电设备达不到铭牌出力，供电能力只有1500千瓦。配电设备仅有2.3/6.6千伏主变压器2台，配电变压器24台，总容量6500千伏安。2.3千伏至6.6千伏输电线路20.8公里。由10路电缆线、3路架空线通过青弋江两岸40米铁塔，结成环网供电。供电范围东至益新面粉厂，西至长江边，南至西瓜墩，北至龙生桥。年用电量296.5万度，用电负荷多集中在青弋江两岸，北岸商业密集区负荷最高。

① 安徽省地方志编纂委员会编：《安徽省志·电力工业志》，安徽人民出版社1993年版，第78页。有删改。

《芜湖市志》之“电力工业”①

1906年，徽州商人程宝珍、吴兴周等创办了芜湖明远电灯股份有限公司，建电厂1座，装125千瓦发电机2台，并于1908年发电。通过很短的线路向芜湖市大马路（今中山路）上的商号及居民供电，这是芜湖电力工业的开端。至1985年，芜湖市拥有发电厂1座，发电机6台，总容量6万千瓦；直辖35千伏及以上电压等级的变电所25座、主变压器37台，总容量132万千伏安；35千伏至500千伏输电线路52条，长967.365公里。

1986年以后，芜湖发电厂三期、四期扩建的4台12.5万千瓦发电机组相继于1993年至1997年间投产，芜湖市总装机容量增加到56万千瓦，年发电量超过30亿度。尽管在1998年，芜湖发电厂根据国家能源政策的调整，先后关停了一期工程投产的2台国产6000千瓦发电机组和二期工程投产的4台捷克产1.2万千瓦发电机组，但到了2002年，芜湖市发电装机容量仍达到50万千瓦，为1985年发电机装容量的8.3倍；年发电量仍达到22.3亿度，较1985年的发电量增长了5倍。

在发电事业不断开展的同时，1986年已形成一个以500千伏繁昌变电所为枢纽，以220千伏长龙山变电所（1992年划出）、火龙岗变电所、宁国变电所（1993年划出）为转换站，连接华东主网和马鞍山、铜陵、宣城等皖南广大地区的芜湖供电网。截至2002年，该供电网已拥有原值为7.49亿元的固定资产（包括输电线路1925公里、变电所36座、配电线路35614公里、配电变压器4855台），283.36万千伏安的主变容量，48.65万千伏安的配电容量。供电量也达到234974万度，为1986年供电量84252万度的2.8倍。此外，该供电网内的500千伏繁昌

① 芜湖市地方志编纂委员会编：《芜湖市志：1986~2002》（上册），方志出版社2009年版，第487—488页。有删改。

变电所作为安徽电力的唯一输出港，自1986年建成投产，至2002年，已向华东地区传输电量460.14亿度。

在发电和供电规模不断扩大的基础上，芜湖地区的用电水平也在迅速提高。2002年，全区的用电量总计为241235万度，为1985年全区用电量86278万度的2.8倍。其中，工业用电量为165616万度，农业用电量（含农林牧渔水利业、农业生产和排灌、乡村工业用电量）为77333万度，城乡居民生活用电量为30468万度，分别为1985年工业用电量62110万度、农业用电量16614万度、城镇居民生活用电量7296万度的2.7倍、4.7倍、4.2倍；最高负荷达到44.3万千瓦，为1986年最高负荷14.24万千瓦的3.1倍。

《芜湖市志》之“芜湖明远电灯公司”①

芜湖市筹办电业始于清末，1904年6月26日《中外日报》报道：芜湖近有某绅拟招股一万五千金，在此间创一电灯公司，刻已集有八十股，计银八千金。一俟股份集齐，即当禀请地方官立案，购机先行试办云。

嗣后，由徽州、芜湖、合肥、六安等地一些商家富户，首期集漕平银12万两（每股10两），于1906年正式创立芜湖明远电灯股份有限公司。由程宝珍首任总理（董事长）、吴兴周首任经理，选择芜湖西门外下十五里铺为厂址（今芜湖供电局所在地），征地20余亩。装设200马力蒸汽引擎2座，配以125千瓦发电机2台，总容量为250千瓦，于1908年10月投产发电。同年4月，奉准清政府工商部注册立案，以“黑白月亮”为商标。

该公司后于1925年、1928年再次集资国币50万元和19万元，先后安装德制640千瓦及1520千瓦汽轮发电机组各1套，. 总容量2160千瓦，厂房设计、设备安装均由德国西门子洋行工程师罗史、门鲁、培路等人承包。1929年，根据业务扩大的需要，易名为明远电气股份有限公司。当时装机容量居全省之首，解放时降居全省第二位。

明远电气公司在解放前时有亏盈。1934年，因负债过重，曾被迫将产权作抵押，一度由上海联合银团接办。沦陷期间，产权丧失。抗日战争胜利后，国民政府经济部和安徽省建设厅争相接收，几经周折，虽于1946年10月“物归原主”，但已百孔千疮。解放后进行了恢复性大修，1952年成为芜湖市第一家公私合营企业。翌年联入苏南电网，结束了孤立供电的历史，并与自来水厂合而又分，后称明远电

① 芜湖市地方志编纂委员会编：《芜湖市志》（下册），社会科学文献出版社1995年版，第270页。有删改。

厂。该厂发电量最高为1959年的1700万度，发、供电标准煤耗率最低为1958年，分别为900克/度、942克/度。后因芜湖建新厂，明远电厂设备遂于1961年停止运行，1966年调拨给内蒙古自治区磴口电厂。

《芜湖市志》之“吴兴周”[1]

吴兴周（1868—1941），行名正塵，安徽省绩溪县人，年少勤奋，能写会算。1881年，到六安某钱庄学徒。为人忠厚，书算娴熟，深得店东器重，不数年，任管账、经理，在县城商界崭露头角。旋得友资助，到庐州府（今合肥市）开店。他认为芜湖商埠有发展前途，1900年来芜湖，在长街开设宝兴京广货店，因经营得法，信誉日高，吴兴周成为商界名人。此时，帝国主义经济扩张加剧，洋货充斥市场，吴兴周以兴办实业，提倡国货的爱国思想，为人所推崇。在同乡程宝珍、周淑培、黄佩之、胡应莲，六安吴竹溪，以及芜湖、合肥、旌德、青阳、石台、徽宁等地一些人士的认股赞助下，集银12万两，于1906年在城外下十五里铺（今芜湖供电局所在地）购地筹建“明远电灯股份有限公司”。厂房设计、设备安装由德国西门子洋行承包，厂区占地40亩，发电机房为钢筋混凝土结构，主要设备有125千瓦发电机2台、200马力蒸汽引擎2座。1908年建成发电，供应长街和大马路用户照明。

初时，公司管理经营沿袭商店方式，且职工多系股东或地绅保荐，制度涣散。至辛亥革命前，经营不善，负债过多，濒于破产。清廷覆灭后，公司大债主大清银行随之倒闭，欠债不了了之。债务减轻后，吴兴周着手整顿，发电量扩大，公司逐步发展，继而又集资银币50万元，扩建厂房，明远成为全国二等电厂之最完备者。在半殖民地半封建的中国，办实业不易。吴兴周在明远前期负债情况下，克勤克俭。当电业经营有所改善发展后，他以明远为基础，与人合股开设大昌火柴厂、恒升机器厂、恒茂五金号、恒升里房地产公司、安徽银

① 芜湖市地方志编纂委员会编：《芜湖市志》（上册），社会科学文献出版社1993年版，第832—833页。有删改。

行、国货公司、生生延记电镀厂、天香斋食品商店等，独资创办电话局；调公司张希寒去建平县（今郎溪县）创立明星电灯公司，并计划在屯溪建水电站。因而，吴兴周成为安徽实业界的巨头，一个较有名望的民族资本家。

吴兴周热心于教育事业，在芜湖创办工人夜校，聘教师供课本纸笔为明远工人学习，其他厂店工人亦可自愿入学。在绩溪县周迁村，捐资建兴周小学，后又捐款将学校扩建为高级小学，并将个人在明远的股份划出一部分另设专户，以股息红利，作为小学常年经费。

吴兴周任明远公司经理、董事长（1909—1937）28年。在此期间，他还曾当选为芜湖总商会会长、安徽省商联会主席、全国商联会执委等。在帝国主义经济侵略和掠夺下，社会经济萧条，所兴办实业，除明远公司外，其他均先后倒闭或出售。1934年，吴兴周在安庆中风，瘫痪于床。为保住明远，以明远的行政和人事权为条件，向上海联合银行（团）借15万元，偿还德国西门子洋行的贷款，退到董事会，由李彦士（联合银团所派）接任总经理。当时明远的发电设备为二机（1×640千瓦，1×1520千瓦），二炉……总容量2160千瓦，由18小时供电转为全天供电。1937年冬，芜湖沦陷，明远为日寇所侵占，吴兴周不屑与日寇汉奸为伍，愤然回绩溪闲居，1941年秋病逝。其子吴子壮、吴名骝、吴名驹，皆献身于电力事业。吴名驹为东北电网大型发电机组的安装作出重大贡献，曾获得水电部（水利电力部）特等劳动模范称号。

《芜湖县志》之“发电”[1]

1906年，商人程宝珍、吴兴周创立芜湖明远电灯公司，招集股本漕二七银（漕平银）12万两（16.8万元），购蒸汽引擎原动机2座，200马力，配有125千瓦蒸汽发电机2台。1915年，各机关及商店照明电灯4200余盏，街灯1800盏，电灯有15瓦和100瓦两种。1917年，增添200千瓦汽轮发电机1台，因构造欠佳，不久报废。1925年，扩建德国西门子厂制造的640千瓦汽轮发电机组1台，英国拔柏（拨伯葛）厂制造的锅炉3台。1929年，芜湖明远电灯公司改名为明远电气股份有限公司。1936年，将125千瓦蒸汽发电机出卖，总量减少到2160千瓦。

---

① 芜湖县地方志编纂委员会编：《芜湖县志》，社会科学文献出版社1993年版，第188页。有删改。

《芜湖供电志》之“吴兴周”①

吴兴周，号正麈，生于1868年，卒于1941年，系安徽省绩溪县高迁村人。1881年，经父辈介绍，到六安一家钱庄学徒。因有经商本领，深受店主信任和重用，继而升任管账、经理。1900年前后到芜湖开设宝兴京广货店，由于经营得法，取得信誉，逐步在商界打开局面。此时，正是帝国主义对华资本输出，进行经济扩张时期，也是我国民族工业初步发展时期。吴兴周受爱国主义思想熏陶，立志转业办电，获得绩溪同乡，以及合肥、至德、青阳、石埭、休宁等地一些人士的赞同，认股集资，于1906年在芜湖购地建厂，创办明远电灯股份有限公司。以此为基础，后在芜湖和其他地方，又陆续投资开设大昌火柴厂、恒升机器厂、恒茂五金号、恒升里房地产公司、电话局、生生延记电镀厂、国货公司、安徽银行、郎溪明星电灯公司等，成为芜湖实业界的要人、民族资产阶级的企业家。在担任明远公司董事长、总经理的同时，还曾担任芜湖总商会会长、安徽省商联会主席、全国商联会执委等，并在家乡开办兴周小学，设立积谷仓，举办了一些社会救济事业，做了一些有利于公益的事情。

① 赵更生主编：《芜湖供电志》，1989年，第323—324页，芜湖市档案馆图书资料。有删改。

《镜湖区志》之“吴兴周”①

吴兴周（1868—1941），行名正麈，安徽省绩溪县人。年少勤奋，能写会算。1900年来芜，在长街开设宝兴京广货店。因经营得法，信誉日高，吴兴周成为商界名人。此时，帝国主义经济扩张加剧，洋货充斥市场，吴兴周以兴办实业，提倡国货的爱国思想，为人所推崇。在众人士认股赞助下，集银12万两，于1906年在城外下十五里铺（今芜湖供电局所在地）购地筹建“明远电灯股份有限公司”。经清政府农工商部批准注册为“黑白月亮”商标。1908年建成发电，供应长街和大马路用户照明。吴兴周可以称得上是给芜湖乃至安徽商民送来现代光明第一人。

初时，公司管理经营沿袭商店方式，且职工多系股东或地绅保荐，制度涣散。至辛亥革命前，经营不善，负债过多，濒于破产。清廷覆灭后，公司大债主大清银行随之倒闭，欠债不了了之。债务减轻后，吴兴周着手整顿，发电量扩大，公司逐步发展，继而又集资银币50万元，扩建厂房，“明远”成为全国二等电厂之最完备者。当电业经营有所改善发展后，以“明远”为基础，与人合股开设大昌火柴厂、恒升机器厂、恒茂五金号、恒升里房地产公司、安徽银行、国货公司、生生延记电镀厂、天香斋食品商店等，独资创办电话局，因而，吴兴周成为安徽实业界的巨头，一个较有名望的民族资本家。吴兴周曾当选为芜湖总商会会长、安徽省商联会主席、全国商联会执委等。1937年冬，芜湖沦陷，“明远”为日寇所侵占，吴兴周不屑与日寇汉奸为伍，愤然返回绩溪闲居，1941年秋病逝，终年73岁。其后嗣

① 镜湖区地方志编纂委员会办公室编：《镜湖区志》，安徽人民出版社2011年版，第131页。有删改。

吴子壮、吴名骝、吴名驹，皆献身于电力事业。吴名驹为东北电网大型发电机组的安装作出重大贡献，曾获得水电部（水利电力部）特等劳动模范称号。

《绩溪县志》之“吴兴周”[①]

吴兴周（1868—1942），高迁村人，13岁到六安一家钱庄为学徒，渐次升任管账、经理。1904年前，在芜湖开设宝兴京广货店，经营有方，生意日隆，在商界初露头角。此时，受爱国主义思想熏陶，立志创办电业，发展民族工业，获得绩溪同乡和皖南、合肥地区人士赞同，集资百万股，创立芜湖明远电灯股份有限公司。1906年购地建发电厂。以后，相继在芜湖、宣城等地投资开设大昌火柴厂、恒升机器厂、恒茂五金号、恒升里房地产公司、电话局、生生延记电镀厂、国货公司、安徽银行、郎溪明星电灯公司等，成为芜湖实业界要人、民族资产阶级企业家。曾任芜湖明远公司董事长兼总经理、芜湖总商会会长、安徽省商联会主席、全国商联会执委等职。

吴兴周还效力于教育事业。1919年4月，独资在芜湖赭山创办职工夜校，免费吸收公司及纱厂职工补习文化，又捐巨款资助芜湖的徽州公学开办职工夜校，高薪聘请刘希平、高语罕为教师。次年在家乡创办高村小学，出资2000元建成新校舍。并捐专款存入银行，每年生息500元，作为学校经费。1940年，招股建立翚溪山林场，封山育林，为家乡的林业作出了贡献。

① 绩溪县地方志编纂委员会编：《绩溪县志》，黄山书社1998年版，第885页。有删改。

《芜湖人物志略》之“吴兴周”①

吴兴周，行名正麈，1868年出生于安徽省绩溪县的一个农民家庭。在山水秀丽的家乡翚岭麓下，男子们大多有着出外经营的传统，妇女们则留在家中务农。

吴兴周年少勤奋，能写会算，1881年，13岁的吴兴周经父辈介绍到安徽六安一家钱庄学徒，由于他为人忠厚，书算娴熟，不数年便在县城商界崭露头角，并得到店东的信任和重用，升任管账、经理；旋得友人集资相助，到庐州府（今合肥市）开了一家商店。此时，他认为芜湖商埠大有发展前途，便将庐州商店停歇，资金转移芜湖。1900年，吴兴周来芜湖长街开设宝兴京广货店，因他经营得法，基础稳固，这家以销售百货为主的商店信誉很高，吴兴周又成为长街商界闻人。

这一时期，帝国主义对华资本输出和经济扩张的加剧，激发了我国民族资本主义的初步发展；提倡国货、兴办实业的爱国主义思想，为多数人所推崇。受此影响，吴兴周立志转业办电，并积极倡议，获得绩溪同乡程宝珍、周淑培、黄佩之、胡应莲，六安吴竹溪，以及芜湖、合肥、至德、青阳、石台、徽宁等地一些人士的认股赞助，集资本银十二万两，于1906年在城外下十五里铺（今芜湖供电局所在地）附近购地筹建“明远电灯股份有限公司”。厂房设计、设备安装由德国西门子洋行承包，厂区占地四十亩，发电机房为钢筋混凝土结构，主要设备为两台125千瓦发电机，配以200马力蒸汽引擎两座。1908年建成发电，向长街和大马路一带供给照明用电。

公司开办初期，经营管理沿袭旧式商店的管理方式，厂内职工大

① 方平主编：《芜湖人物志略》，安徽省出版总社1988年版，第47—49页。有删改。

多是股东或地方人士保荐，制度涣散，以致辛亥革命前，芜湖明远电灯公司由于经营不善，负债过多，资金枯竭，濒于破产。辛亥革命胜利后，清政府覆灭，明远公司的大债主芜湖大清银行，亦随之倒闭，明远所负巨债也就不了了之。债务减轻后，吴兴周放手整顿，发电量日益扩大，公司逐步走上了巩固、发展的坦途。以后，吴兴周又主持集资银币五十万元，进行扩充、改建，明远公司成为全国“二等电厂之最完备者”。

在半殖民地半封建的中国，办实业是很艰辛的。作为总经理，吴兴周除要应付官僚买办和地方势力的敲诈勒索，还要为解决设备简陋、技术落后、事故频繁、器材短缺、煤源不足、窃电猖獗、入不敷出、债务累累等重重困难而到处奔波。由于多年发不出股息，曾经常遭到股东的埋怨和质问。但吴兴周义无反顾，他以明远为基础，在芜湖和其他地方，与人合股开设大昌火柴厂、恒升机器厂、恒茂五金号、恒升里房地产公司、安徽银行、国货公司、生生延记电镀厂、天香斋食品商店等；还独资创办芜湖电话局，抽调明远电灯公司职工张希寒前往建平县（今郎溪县），创立明星电灯公司，并计划在屯溪搞水利（力）发电。吴兴周由此而成为安徽实业界的巨子，一个有名望的民族资本家。

吴兴周还热心教育事业。在芜湖，他创办一所工人夜校，聘请教员，供给课本纸笔，让明远电灯公司的工人读书识字，其他厂的工人、长街店员也可自愿入学。在故乡绩溪周迁村，他还捐资创办一所“兴周小学”，聘请名师教学；随后，又拨巨款兴建校舍，扩充为一所高级小学。为了这所小学能长久办下去，他从自己的明远电灯公司股份中划出一部分，另设专户，把股息红利作为小学的常年经费。由于吴兴周的社会地位和影响以及他在工商界的威望，在任明远公司经理（1909—1934）、董事长（1928—1937）期间，他还曾当选为芜湖总商会会长、安徽省商联会主席、全国商联会执委等职。

在帝国主义的经济侵略下，洋货充斥市场，社会经济萧条，最后吴兴周也只留下明远电厂，投资的其他厂、号先后倒闭或出卖。为了保住明远，吴兴周以毕生的心血，调动头寸，偿还债务，就是年三十，也要到深更半夜才能回家吃饭。1934年，吴兴周在安庆中风得病，瘫痪在床，在无可奈何的情况下，以给予明远的行政权和人事权为条件，向上海联合银团借款十五万元，偿还德国西门子洋行的贷款，解决资金不足问题，吴兴周退到董事会，由李彦士（联合银团所派）接任总经理。当时明远的发电设备为二机（1×640千瓦，1×1520千瓦），二炉……总容量2160千瓦，已由18小时供电（下半夜停电）转为全天供电。

1937年冬，芜湖沦陷，明远电灯公司为日寇夺占并组成伪董事会，吴兴周不屑与日寇汉奸为伍，愤然回故乡绩溪避难，甘于清苦，闲居故园。1941年秋病逝，终年74岁。他的后代中有承父志者，如吴子壮、吴名骝、吴名驹皆投身于电力事业，其中吴名驹为东北电网大型发电机组的安装作出了重要贡献，曾获得水电部（水利电力部）特等劳动模范称号。

《安徽省志·电力工业志》之“安庆电厂”①

安庆从1760年起，至1937年日本侵华沦陷时止，178年间是安徽省省会所在地。省内第一家近代工厂建在该市，故其电力工业的创建亦较早。“清光绪三十三年八月间，督办安徽制造厂沈曾植氏，详请奉准，就造币厂移存电灯小机器2部，略加修理，先后奉拨漕平银八千二百余两，作为试办电灯事业经费。嗣以机器过小，仅供各衙署装设，不足以资提倡。而办理以来，尚有成效；于光绪三十四年，复奉准向沪禅臣洋行，添购一千盏电灯机一部，普及官商各界，一律装用。先后共领银一万五千五百四十余两，两共库银二万三千七百余两，是即原办电厂之基本金”。（引自国民政府安徽省建设厅1930年出版的《安徽建设》）1909年12月27日，由安徽巡抚朱家宝奉准立案。厂址在造币厂内（位于鹭鸶桥），原有50千瓦蒸汽机带动单相交流发电机2台，职工10余人。次年添置50千瓦单相交流发电机1台。原名安庆电灯厂，后称为省会电灯厂及安庆电厂。

① 安徽省地方志编纂委员会编：《安徽省志·电力工业志》，安徽人民出版社1993年版，第18—19页。有删改。

后　记

徽商吴兴周一百多年前来芜湖创办明远公司。2018年是明远公司向芜湖城区供电110周年，亦是电灯“点亮芜湖”“点亮安徽”110周年。

为追寻这段历史记忆，芜湖市档案馆邀集部分芜湖市档案馆特约研究员，开展档案参考资料《吴兴周》的编写工作。

筹划与调研工作始于2017年。经过将近半年的努力，编写人员扒搜剔抠，在各种志书史料，特别是芜湖市档案馆馆藏档案和资料中查找相关资料，发现了一些珍贵的档案资料，有一部分是首次向社会披露。

2018年编写人员开始进行撰写，其中胡毓骅承担第一、二、七章的撰写，李先明承担第三、四、十章的撰写，刘传汉承担第五、六、九章的撰写，龚英柏承担第八章及前言的撰写，秦建平承担全书的统稿。

本书以文释档，以档证文，目的是向社会有关研究机构和热心人士提供研究资料。由于资料有限，编写者虽竭尽全力，但仍有遗珠之憾。由于国内尚未有系统研究吴兴周的专门书籍，所以，只能是抛砖引玉。

本书编写过程中，得到芜湖市委党史和地方志办公室、芜湖市科学技术协会、芜湖供电公司、芜湖发电厂、安徽师范大学图书馆等单位和相关人士的大力支持，并采用了《光明到永远——纪念芜湖电力100周年》中的部分图片和资料，在此一并表示感谢。

编　者